講談社文庫

# ヒトイチ　画像解析

## 警視庁人事一課監察係

濱 嘉之

講談社

目次

## 警視庁の階級と職名

| 階　級 | 職　名 |
| --- | --- |
| 警視総監 | 警視総監 |
| 警視監 | 副総監、本部部長 |
| 警視長 | 参事官 |
| 警視正 | 本部課長、署長 |
| 警視 | 本部課長、本部理事官、署長 |
|  | 本部管理官、副署長、署課長 |
| 警部 | 署課長 |
|  | 本部係長、署課長代理 |
| 警部補 | 本部主任、署上席係長 |
|  | 本部主任、署係長 |
| 巡査部長 | 署主任 |
| 巡査長※ |  |
| 巡査 |  |

## 警察庁の階級と職名

| 階　級 | 職　名 |
| --- | --- |
| 階級なし | 警察庁長官 |
| 警視監 | 警察庁次長、官房長、局長、各局企画課長 |
| 警視長 | 課長 |
| 警視正 | 理事官 |
| 警視 | 課長補佐 |

※巡査長は警察法に定められた正式な階級ではなく、職歴６年以上で勤務成績が優良なもの、または巡査部長試験に合格したが定員オーバーにより昇格できない場合に充てられる。

# 警視庁本部主要組織図

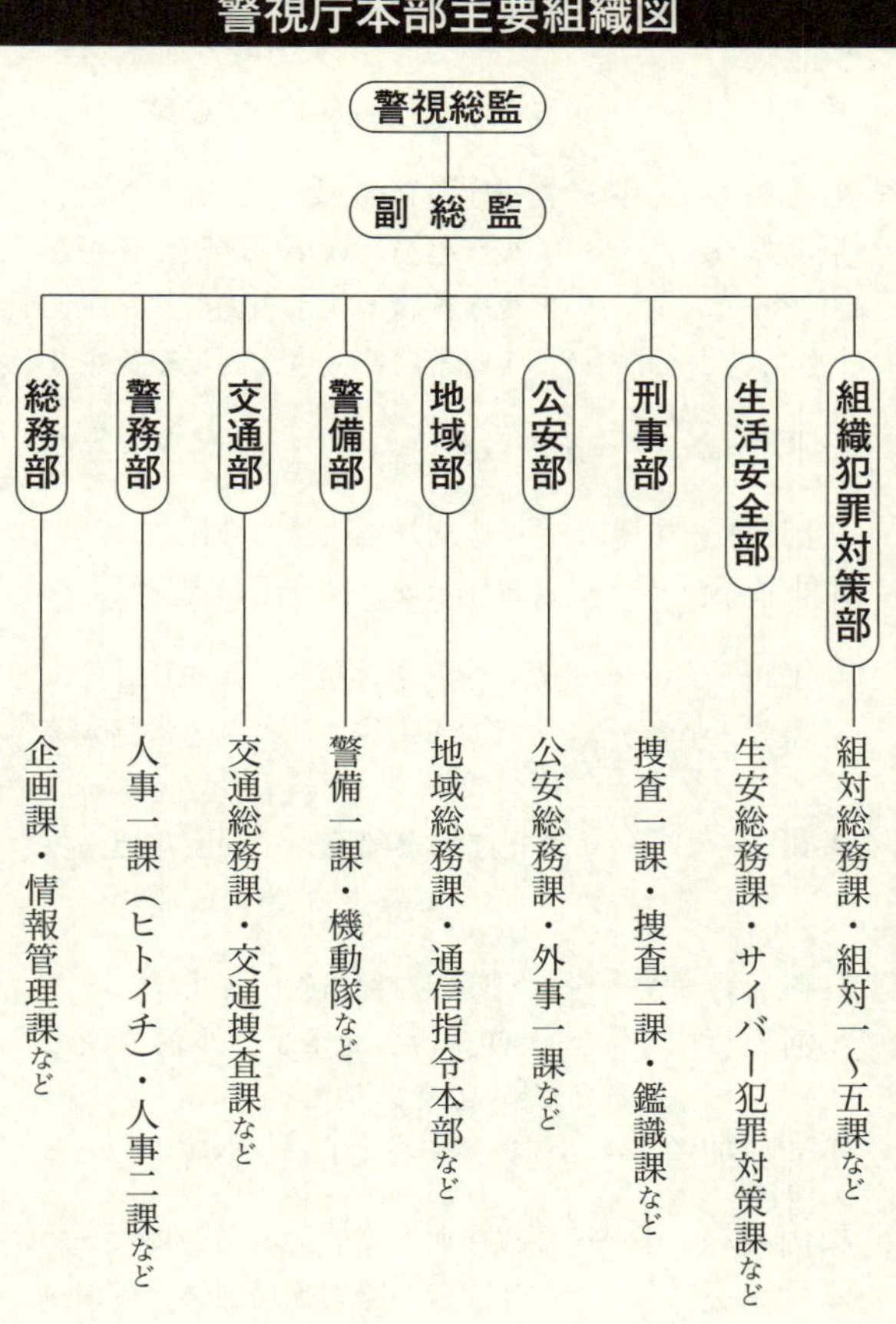

警視総監
副総監
組織犯罪対策部
組対総務課・組対一～五課など
生活安全部
生安総務課・サイバー犯罪対策課など
刑事部
捜査一課・捜査二課・鑑識課など
公安部
公安総務課・外事一課など
地域部
地域総務課・通信指令本部など
警備部
警備一課・機動隊など
交通部
交通総務課・交通捜査課など
警務部
人事一課（ヒトイチ）・人事二課など
総務部
企画課・情報管理課など

◉主要登場人物

榎本博史…………警視庁警務部人事一課監察係長

兼光将弘…………警視庁警務部人事一課課長
泉澤修司…………警視庁警務部人事一課監察係主任
津田雅治…………警視庁警務部人事一課監察係主任
竹内利衣…………警視庁警務部人事一課監察係主任

小池一誠…………警視総監

松田健児…………警視庁組対部組対四課係長
山下直義…………警視庁公安部公安総務課係長

梨田賢一郎………警視庁刑事部捜査一課主任
常盤光一…………強姦殺人事件の被害者・常盤久美子の弟
庄司………………警視庁刑事部捜査一課庶務担当係長

高橋義邦…………警視庁組対部組対四課主任
小河原真由子……極東一新会元トップ小河原隆の娘、高校二年生
小河原郁子………極東一新会元トップ小河原隆の妻

栗山敏夫…………警視庁西多摩署地域課課長
本村輝夫…………警視庁西多摩署地域課課長代理
時田菜緒子………警視庁西多摩署地域課

# ヒトイチ　画像解析

警視庁人事一課監察係

# 第一章　拳銃自殺

「ちょっと部屋に来てくれないか」

自席でパソコンに向かっていた榎本博史は視線を上げた。

警務部参事官兼人事一課長兼光将弘の浮かない顔から察するに、また良からぬことが起きたらしい。榎本は短く頷いて席を立つと、兼光に付いて参事官室に入った。

「蒲田署内で拳銃自殺だ。参ったな」

榎本がドアを閉めるなり兼光は言った。

「署員ですか」

顔色ひとつ変えず尋ねる。

「警察職員らしいが所属などの詳細はまだ分からない。今、警務課長から速報が入ったところなんだ」

「自殺者の人定も分からないのにヒトイチに連絡を寄越すとは慌てていますね。しかも」

「なんで警務課長が電話してくるんだと言いたいんだろう」

眉をひそめながら兼光は榎本の言葉を遮った。

「たしかに本来なら副署長が連絡すべき事案だからな」

署内で警察職員による事件事故が起きた場合、副署長が報告するのがルールだ。

「副署長は管内の行事に出席していて外出中だそうだ」

「そうでしたか」

榎本は小さく頷いた。

「では詳細は私から問い合わせます。自殺者の捜査は刑事課の主管ですから、刑事課長に尋ねることにします」

警察官が引き起こす事件は数多いが、一般市民を巻き込まないものの中で最悪事例と言われているのが拳銃自殺である。

警察法六十七条により、警察官は一般市民の生命身体財産の安全を守る名目でのみ小型武器の所持が許されている。警察学校に入り初めて拳銃を手にした時から、幾度となく、公務以外での武器の使用は厳しく禁じられていた。警察官が自殺など私的な行為で武器を使用すれば、即被疑者として扱われることも叩き込まれる。

榎本はデスクに戻ると警視庁幹部一覧表を取り出した。本部は管理官クラス、所轄は課長クラスまでの氏名と連絡先が記されたリストに素早く視線を滑らせる。

「蒲田の刑事課長は大迫警視。面識なしだな」

蒲田署は第二方面の筆頭署で大所帯だ。そこで刑事課長を務める者なら、なかなか優秀な人物だろう。

榎本は勢いよく受話器を取った。

「人事一課係長の榎本です。拳銃自殺の一報が入りまして、早速お尋ねしたいことがあり大迫警視にお電話いたしました」

「ご苦労様です」

大迫の太い声を聞きながら榎本はメモパッドを広げた。

「本件の自殺者は警察職員で間違いありませんか。詳しい人定を伺いたいのですが」

「はい、自殺したのは本部の捜一から応援に来ていた巡査部長です。氏名は梨田賢一郎、三十二歳。使用したのは本人が貸与されていた拳銃でした。右こめかみを撃ち抜き即死した模様です」

　大迫は淡々と答えた。梨田というのは蒲田署の特別捜査本部に入った本部勤務の男なのだろう。

「被疑者についてご存知のことを教えていただけますか」

　榎本は命を断った若い巡査部長をあえて被疑者と呼んだ。警察仲間としては厳しい表現であることは承知の上である。しかし梨田が銃刀法違反の被疑者である以上、温情をかけることは立場上できなかった。

「梨田はすでに警部補試験に合格していたそうです。来春、管区学校への入学を控えていると聞きました。本部勤務は一年ちょっとですが、その間も所轄の特捜や共捜本部に出ることが多かったようで」

「蒲田へ応援に入ったのはいつからです」

「十日ほど前でしょうか」

　なぜ蒲田署内を自殺場所に選んだのか。捜査中の蒲田管内の事件と何か関連があるのだろうか。

「短期間ではありますが、警視の目に被疑者の勤務態度はどう映りましたか」

　尋ねるそばから大迫の深いため息が聞こえた。

「梨田は仕事熱心な捜査官でした。だから本当に信じられませんよ。まだ自殺が分かってから一時間足らずですからね、これから真相が分かってくると思いますが」

警視には警部補昇進を控えた若者が、自殺を選んだ理由が思い当たらないようだ。榎本も頭を巡らせたが、とくに閃くものがなかった。

「被疑者が入っていた蒲田の事件概要を教えてください」

「強姦殺人事件です。本当に忌まわしい事件ですよ」

榎本は受話器を耳に当てながら思わず目を閉じた。

「マル害はマッサージ店勤務の二十代の女性です。整体師の資格保有者でした」

「店で性的な施術を行っていたわけではないんですね」

「ええ、駅前などによくあるごく普通のマッサージ店です」

「犯行場所はどこでしたか」

「マル害の自宅マンションです。ホシは自動録画機能がついたインターフォンを押していたので、前歴者カードから名前が判明しました。自動車運転免許も保有しています」

顔と名前が割れていれば逮捕までそう遠くはないだろう。

「ホシとマル害はどういう関係だったのでしょう」

「ホシの名は三木谷義紀。マッサージ店の常連だったそうです。被害女性を指名することが多かったようですね。マル害の帰宅時に後を付け、事に及び、殺害したんです」

男と面識があったため被害女性はつい油断し、自宅内に男を招いてしまったのだろうか。軽卒といえばその通りだが、性的暴力を振るわれ、命を奪われた女性の恐怖を思えば、とても責めることなどできない。

「殺害方法は」

「電気コードによる絞殺です。遺体発見当時、マル害の首に巻き付いたままでしたから」

榎本は受話器をつい強く握りしめた。性犯罪者への憎しみを鎮めるためだ。

「三木谷の逮捕は時間の問題だと思います。なぜなら、三木谷には現金の手持ちがほとんどありません。銀行口座も押さえてありますので、ATMから引き出そうとすれば、立ちどころに居場所が判明するでしょう。前もありますから、三木谷には厳罰を求めたいですね」

大迫は力強く言った。

「これまで奴はどんな事件を起こしてきたんです」

「最近では三年前、強制猥褻で捕まっています。その前は強姦未遂。起訴猶予だったんですが」

榎本は眉根を深く寄せた。

「強姦未遂で起訴猶予？」

これほどの重大犯罪を犯せば起訴されるのが常である。猥褻事件被疑者の再犯率は高いからだ。

「ええ、なんでも緊急逮捕時、警察官が三木谷を取り押さえた際に怪我をさせてしまったようです。そのため保全処分を受け起訴猶予となりました」

逮捕の適法性が疑われた場合、証拠物などを一旦裁判所が預かる裁判所命令を保全処分という。この措置が取られると逮捕行為そのものが否定される場合が多く、一旦被疑者が釈放されたあと、新たな証拠を探し出して通常逮捕しなければならない。

「警察のミスが原因ですか、情けない話ですね」

「まったく」

二人はしばし押し黙ったが、榎本から口を開いた。

「今回の強姦殺人事件の捜査は順調に進んでいたと考えてよろしいですね」

「はい。本部から梨田ら捜査支援チームが来てくれたおかげで、捜査にはスピードがありました。所轄だけではここまでできませんよ」

インターフォンや防犯カメラに写った人物の画像解析は、捜一の得意分野である。

「三木谷の指名手配は打っているのでしょうか」

「もちろんです。事件後の後足（あとあし）については、四日前に錦糸町のインターネットカフェにいたことまでは摑（つか）んでいます。その後の足取りについてはこれからです」

事件発生から十日程度でよくここまで捜査を進めたものだ。榎本は感心した。

「梨田は何の捜査を行っていたのですか」

「追跡班でした。錦糸町駅の防犯カメラを手がかりにインターネットカフェまで追い込んだのは梨田です。捜査センスがあると思いました」

榎本はメモをとりながら質問を続ける。

「捜査中の梨田の様子はどうでしたか」

「若いのに捜査に対する情熱というか、気迫を感じましたね。特にホシが割れた時からです。なにせ梨田がインターネットカフェを探し出したのは午前四時ですよ。それも単独捜査で」

確かに捜査への執念とでも言うべきものが梨田の行動から感じられた。

「明け方に単独捜査に出るとはよっぽどですね」

「ええ、捜査は原則二人一組ですから。三木谷の潜伏場所を見つけられたのは、梨田が幅広く錦糸町を洗うことを提案し、徹底的な絨毯爆撃をしたからです」

絨毯爆撃とはローラー作戦のことで、地域を細かく区切り一軒一軒漏れのないように虱潰しに捜査する手法である。

「しかも梨田がその場所を突き止めたのは、三木谷がインターネットカフェを退店した、わずか四十分後のことでした」

「ニアミスですか。三木谷は午前三時過ぎにインターネットカフェを出たわけですね」

「人気のない時間帯に次の潜伏先に逃げようと思ったのでしょう。店内の防犯カメラから退店時間ははっきりしています」

「潜伏場所を突き止めたときの梨田の反応は」

「緊急配備の要請をしてきました。しかし、被疑者逃走から二、三十分以内であれば、通本は緊配をかけたでしょうが、この時は近隣の駅への配備にとどめました」

緊急配備の指令を出すのは、警視庁地域部に属する通信指令本部の通信指令員である。しかし、今回のような重要事件被疑者が逃亡している場合、通信指令員ではなく、当直責任者の警視である通信指令官が判断を行う。

「始発電車の時間を考えれば正しい判断だと思います」

「梨田ら追跡班はそれぞれ単独ですぐに近隣の捜索に入りましたが、三木谷を発見できませんでした。タクシー会社にも緊急指令を出し不審情報をかき集めましたが、何も摑めなかったんです」

榎本は警部補時代、緊急配備が敷かれる中、強盗犯人を職質検挙したことがあった。偶然に助けられただけと思っていたが、即日、刑事部長賞、方面本部長賞、さらに後日、警視総監賞まで授与された。重大犯罪の犯人検挙はそれほど大きな快挙なのだ。

気迫を持って追っていたホシを、すんでのところで取り逃がす口惜しさはどれほどだろう。

「梨田はさぞ悔やんだでしょうね」

「ええ、朝六時過ぎでしたかね、捜査本部に戻ってきた時はだいぶ苛立(いらだ)たしげでしたよ」

大迫は同情を込めるように言った。

「インターネットカフェ周辺の防犯カメラの解析は進んでいますか」

「近くのJR、東京メトロの駅、都営地下鉄新宿線の菊川駅に設置されているものまで確認しましたが、三木谷の姿は写っていなかったですね」

「どうやって消えたんだ」

榎本が自分に問いかけるように小声で呟くと、聞こえてしまったのか大迫が口を開いた。

「三木谷はガキの頃から悪くて、練馬あたりで愚連隊の仲間とツルんでいましたから、案外仲間が車で拾いにきたのかもしれませんね」

そこまで聞いて榎本は話題を拳銃自殺事件に戻した。

「ところで、大迫課長は拳銃自殺の現場は確認していらっしゃいますよね。現場は蒲田署内のどこだったんですか」

「六階の待機室です。現場保存から実況見分も立ち会いました。現在、監察医と鑑識の監察官が来るのを待っているところです」

「遺体の手には未だ拳銃が？」

「いえ、押収手続きを取って保管してあります。鑑識が来たら渡すつもりです」

「拳銃はオートマチックですか」

「捜査一課で貸与されたものですからH&K P2000。三十八口径ですね」

H&K P2000は、ドイツの銃器メーカーであるヘッケラー&コッホ社が開発した自動拳銃である。

「弾薬は」

「九ミリかける十九ミリのパラベラム弾です」

三十八口径とは、銃口の内径が百分の三十八インチ、およそ九ミリメートルであることを意味する。したがって弾の直径も約九ミリというわけだ。

日本の制服警察官が使用する拳銃はニューナンブM60で、やはり三十八口径である。

「署内に発射音を聞いた者はいましたか」

「いえ。二階の講堂で毎朝の捜査会議を終えた直後に、六階にある待機室で自殺しましたから、誰も気づかなかったんです」

「第一発見者は」

「待機室に忘れ物を取りに行った同僚でした」

榎本は事件概要を兼光に口頭報告してから蒲田署に急行した。

午前九時半。京浜東北線下り電車は空いていた。

・自殺の理由は

・自殺と強姦殺人事件捜査との関係は

電車内で持ち歩いているメモパッドに、思いつく限り疑問を書き出してみる。

・死に場所に所轄を選んだわけ

・梨田の素行はどうだったか

・組織内の人間関係は、本部と所轄

そこまで書くと、自殺場所の選定について榎本は再び考え始めた。

本部捜査員である梨田が派遣先の所轄で自殺したのは、事件捜査の過程で重大なミスを犯し、その責任を取ろうとしたからだろうか。または所轄捜査員への当て付けか。

自殺の道具に拳銃を選んだのは、やはり即死の可能性が高いからだろう。死体との接触が日常茶飯事である捜一捜査官ならば、苦しまずに死ぬ方法も知っている。

しかし、警察官が拳銃自殺をすれば犯罪者の烙印(らくいん)を押されることも分かっていたはずだ。理由の如何(いかん)を問わず懲戒免職となり、葬儀には警察関係者が出席することはない。退職金も出ないため、遺族にも多大な迷惑をかけるのだ。

ふと榎本は梨田の親兄弟の存在が気になった。

・家族関係、交友関係

榎本はメモにそう書き加えると、監察の警部補である津田に短いメールを送った。

「梨田の家族関係を調べておいてほしい」

ふと気がつけばあと二駅で蒲田である。榎本は頭を切り替えて蒲田署幹部の評価表に目を走らせた。

蒲田署署長の市橋の階級は警視正。警視正で署長になるのは警視庁の百二警察署のなかでも十五所属しかない。たしかに市橋は捜査一課出身の切れ者らしい。

今朝の連絡で居留守を使った疑いのある副署長の小原。署内だけでなく、本部からもさほど評判はよくないようだ。公安部時代、部下の扱いが酷く監察にマークされたことがあるらしい。署長に出世する見込みはほぼゼロだろう。

署のナンバースリーは木所警務課長。凡庸な勤務評価である。大半の警察署において、警務部門のトップは警務課長代理であり、警務課長の役職があるのは大規模署に限られる。つまりお飾りなのだ。警務課長代理は優秀な警部が就くことが多いため、警務課長は右から左に決裁を行えば事足りるのである。

―

「人事一課監察の榎本です」

蒲田署の受付で身分を名乗ると、隣で受付をしていた中年の男がはっとしたようにこちらを見た。榎本が顔を向けると、男はすぐに目を逸らしてしまった。人事一課監察という言葉を聞いただけで、多くの職員は畏(おそ)れと嫌悪が入り交じったような感情を抱く。

――僕は憲兵じゃないぜ。

苦々しく思いながら榎本は小さく肩をすくめる。

榎本が待合室に座っていると、警務課長の木所が慌てた様子で駆けつけて来た。

「これは榎本係長、ご苦労様です。ご迷惑をおかけして申し訳ありません」

副署長はやはり不在だという。

「いえ、最も迷惑を蒙(こうむ)っているのは蒲田署だと拝察しております」

榎本は慇懃に頭を下げた。

「これから死亡者の司法解剖が行われるため、刑事課長、捜査一課管理官は病院に行っております」

「そうですか。では刑事課長代理をお呼び願えますか」一呼吸置いて、「被疑者と同じ事件に入っていた」と付け加える。

榎本が被疑者と口にすると、一瞬木所の顔から表情が消えた。しかし榎本はそう言わざるを得ず、全ての警察官にそのことを理解させなければいけない立場にある。

木所が刑事課に電話を入れた。

間もなく角刈りの男がやや緊張した顔つきで警務課長席にやってきた。

「刑事課長代理の谷崎(たにざき)です。今、調べ室しか空いていません。そこでお話を伺いたいと思います」

谷崎は早口に言って榎本の反応を気にしながら会釈した。調べ室とは被疑者を取り調べるための小部屋である。

「構いません」

榎本は平然と答えた。いちいち嫌みを真に受けていては疲れてしまう。

調べ室に入ると、谷崎はやや躊躇(ちゅうちょ)しながら榎本を奥の席に通した。一般的には奥の席は上席だが、調べ室では容疑者が座る席だからだろう。

榎本は無言で着席するなり口を開いた。

「早速ですが用件に入らせていただきます」

谷崎は緊張を悟られたくないのか「はい」とぶっきらぼうに答えた。

警部になると、被疑者を直接取り調べる機会は大きく減る。久しぶりの調べ室で、監察と相対するのはどういう気分だろう。谷崎の様子を観察しながら榎本は続けた。

「代理には梨田被疑者が関わっていた事件について伺います」

谷崎は返事をする代わりに大きく一度頷いた。

「まず、今回の強姦殺人事件の捜査過程で梨田の様子が変わったと感じたことはありますか」

「特にないですね。一貫して熱心だなという印象でした」

「どうして熱心だと思ったんですか」

「いつも梨田は率先して動いていましたから。警部補試験に合格しているという自負もあったのかも知れません」

谷崎は正直に答えているようにみえた。

「錦糸町のインターネットカフェで三木谷とニアミスした時の様子はどうでした」

「それを監察さんもすでにご存知ですか。あの時は口惜しさを滲(にじ)ませながら『ホシをあげるまで休まないのは当然、寝てもいられない』と言っていましたからね」

殺人事件の特捜本部に入った捜査員は、原則として一ヵ月間休みがない。土日も祝日もなく働き詰めである。事件解決において初動捜査はそれだけ重要なのだ。

「早い時期にホシは割れたんですよね」

「そうです。マル害宅のインターフォンに記録されていた画像から、面割りができましたからね。捜査会議でホシが割れたと分かったときには、歓声が沸きましたよ」

そして谷崎は榎本から視線をそむけて、「ほんと、早く取っ捕まえてやりたいですよ」と吐き捨てるように言った。

谷崎もやはり口惜しいのだろう。榎本が理解を示すようにゆっくりと頷いてみせると、谷崎は事件の詳細をまくしたてた。

「マル害宅は京急蒲田駅から徒歩八分のところにあったんです。三木谷は女性を殺害したのち、切符を買って蒲田駅から押上駅まで乗りました。そこからは丁寧な防犯カメラチェックと梨田のプロファイリングによる行動分析結果で、錦糸町にたどり着いたんです。数ある可能性のなかで錦糸町に的を絞ったのは梨田の判断ですよ」

榎本はもう一度大きく頷き、もう発揮されることのない梨田の捜査官としての資質に敬意を表した。

その後も谷崎に事件の細部を聞いたが、今朝の大迫の話と谷崎の話に矛盾する点はなかった。

「谷崎代理、お時間をいただきありがとうございました」

榎本は調べ室を出てから津田の携帯電話にかけた。谷崎と話している間に着信があったのだ。

「梨田の家族構成は分かったか」

「はい。父親は梨田和雄、高検の次席検事でした。梨田は一人息子、未婚です」

「親父は相当なエリートだな」

「息子の拳銃自殺は少なからずキャリアに影響するでしょうね」

「そうだな」

自殺は父親に対する反発でもあったのか。

最悪、梨田の父親は検察官を辞めざるを得ない状況に追い込まれるかもしれない。仮に辞めても、弁護士として活動することはできる。しかし、ヤメ検と呼ばれる弁護士が仕事を続けていくのは案外難しい。

弁護士に重要なのは法的知識だけではない。仕事となれば営業能力こそ物を言う。刑事事件が主戦場だった検事が、民事主体の一般社会で通用するとは限らない。だからだろうか、反社会的勢力の弁護を担当するのはヤメ検が多かった。

手短に携帯電話を切ると、榎本は思案しながら強姦殺人事件の捜査本部に足を向けた。

捜査本部に入り、雑然とした部屋の隅に立ち、さりげなく全体を眺めていると、懐かしい顔を見つけた。警察大学校の同期生で、現在捜査一課の庶務担当係長である庄司(しょうじ)だ。

「庄司さん、ご無沙汰しています」

榎本は軽く会釈して微笑(ほほえ)んだ。同期生だが年齢はだいぶ上だ。

庄司は目を丸くしながらも親しみを込めた笑顔を返してきた。

「驚いたな、榎ちゃんは監察だったね」

そう言って頭を下げた。「迷惑をかけて申し訳ないね」

四十を過ぎているはずだが、柔道で作った厳(いか)つい体軀は全く衰えていない。

「いいえ、こちらこそ後ろ向きの仕事で肩身が狭いです」

榎本と庄司はしばらく立ち話に講じた。

「本部職員もびっくりしちゃってね。梨田には何の兆候もなかったから。担当主任、係長も同様のようでさ。俺も梨田には目をかけてたんだ。いつも頑張ってたからね」

「梨田は捜一に来て一年ちょっとですが、その間に何件の事件に絡んでいましたか」

「ここが確か六件目とかそんなもんだろう」

　庄司は腕組みしながら答えた。

「どんな事件が多かったですか」

「猥褻事件関連が多かったんじゃないかな。一課に来て日が浅いうちは、殺しのような大きな事件はやらせないからさ。マル被の取り調べなんかではきちんと落としてたよ」

　捜査一課が主に扱うのは殺し、叩き、火付け、突っ込み、人攫（ひとさら）いと呼ばれる強行犯捜査だ。それぞれ殺人、強盗、放火、強姦、誘拐事件を指す。

「梨田は人一倍潔癖というか正義感が強かったから、猥褻事件捜査に向いていた。全く非がない女性を奈落の底に叩き落とす奴は断じて許せない、ってね」

　榎本も心から同意した。

「そうですね。僕も所轄の時に一度だけ、強姦被害者から話を聞いたことがあります。当時はまだ若くて、被害者女性に対してどう言葉をかけたらよいのか分からず、自分を呪いました。本当に気の毒で」

ふと強姦犯の取り調べ方について聞いてみたくなった。

「強姦犯人を取り調べる際の第一声って、どんな感じですか」

「犯人の年齢、育成環境、手口などによっても違うけど、だいたい社会の敵であることを分からせることから始めるな。梨田の場合はオーソドックスに『てめえを絶対に許さないからな！』と口火を切っていたな。ただそう言う前に」

庄司は近くの椅子を蹴り上げる仕草をした。

「言葉だけじゃ分からん奴が多いから、まず被疑者の横に置いておいたパイプ椅子を派手に蹴散らすそうだ」

今度は榎本が目を丸くする番だった。

「大きな音に驚いて被疑者が怯んだところで、首根っこを掴みながらありったけの怒声でさっきのせりふを吐くわけだ」

ここまでいくと暴行罪である。榎本は苦笑したが十分理解はできた。

「強姦犯なんて糞野郎は世の中を舐め切ってるからな。弁護士だって文句は言わないもんだ。梨田は一度、弁護人からの要請で公判廷に呼ばれたことがあったが、なかなかいい立ち回りをして、向こうの弁護士をまごつかせたらしいよ」

「頭の回転が早く、いい根性をしていたんですね」

裁判の話になったところで、検事である梨田の父親について聞いてみようと思った。

「父親が高検の検事だそうですが」

庄司はそうそうと頷く。

「梨田和雄だろう。地検刑事部の副部長も経験したエリート検事さんだ。だが息子が罪人になってしまったから、検事としては終わったということだ」

捜一では父親の存在はよく知られていたようだ。

「梨田和雄氏はどういうタイプの検事なんですか」

「俺たち警察にとっちゃかなり厳しい人だ。俺だって補強証拠を随分取らされたよ。詰めに詰める慎重なタイプだ」

榎本は頷きながら矢継ぎ早に訊ねた。

「梨田と父親の関係はどうだったのでしょう」

「うーん、その辺は聞いたことがないなあ」

そこへ若い捜査員が飛び込んできた。

「すみません係長、よろしいですか」

そう言って何やら庄司の耳元で囁くと、庄司の顔がみるみる青ざめていく。

「こりゃ、榎ちゃんまずいよ」

一通り話を聞き終わったところで、庄司が目を泳がせながら呟いた。若い捜査員が踵を返して走り去っていく姿を見つめながら、榎本は小声で尋ねた。

「どうしたんです」

「梨田が使った拳銃だが、残された弾の数がひとつ足りないそうだ」

科捜研からの連絡が入ったのだろう。自殺に使った一発の他に、もう一発誰かがどこかで発射したということか。

「発射残渣の確認もしたんですね」

発射残渣とは拳銃を発砲した際に拳銃内に残る火薬などの燃えカスである。それを確認すれば当該拳銃から何発の弾が発射されたのかが分かる。

「もうひとつの弾も梨田が使ったのかよ」

眉間に深い皺を刻んで呻くように言う庄司を横目に、榎本の頭の中で何かが弾けた気がした。新たな監察事項が増えたことを確信する。

謝辞を述べると榎本は急いで本部に戻った。

「なに、梨田が別事件を犯したおそれがあるだと」

記者会見の準備を進めていた兼光は、参事官室で榎本の報告を聞いた途端ぴたりと動きを止めた。

「あくまでも可能性のひとつです。まだ背後関係がわかりません。何よりも三木谷を捕まえるのが先決だと思います。三木谷が何を吐くかが重要です。梨田の自殺の主たる要因があるかも知れません」

榎本はあえて先ほど閃いた考えは口に出さなかった。

「記者会見は三十分後だ。いま所轄から事件報告書が届いたが、まとめ方が甘くて困っていたんだ。詳しく教えてくれ、拳銃の弾の件」

「庄司係長と話していたとき、若手が科捜研からの報告を上げにきました。報告によれば、梨田被疑者が使用した拳銃に残っているはずの弾の数がひとつ足りなかったそうです」

「梨田はどこでもう一発を使ったんだ」

兼光は忌々(いまいま)しげにこぼした。「その拳銃は科警研に転送中だな」

「はい、より詳しく発射痕の確認を行うものと思われます」

続けて榎本は監察としてすでに打った手を伝えた。

「先ほどから、うちの班員に逃走被疑者である三木谷と自殺被疑者の梨田の関係を洗ってもらっています」

帰りの電車内から監察係主任の泉澤修司に下命事項を与えている。

「どれくらいでわかる」

「二日いただけますか」

榎本は監察別室のある富坂庁舎に向かった。

警視庁が行う記者会見は警視庁本部九階にある会見室で行われる。このフロアには会見を仕切る広報課の他、警視庁内にあるマスコミ各社が詰める部屋もある。

マスコミ各社には予め誰がどのような内容の会見を行うかが通知されている。この中で警務部参事官が行うものは警察官による不祥事が多く、刑事、公安等の専門分野だけでなくほとんどの部署の担当記者が集まるため、記者だけでも八十人を超える場合がある。

今回、警察官による拳銃使用の自殺ということで、集まったマスコミ関係者は記者に加えムービー、カメラを含め百二十人を超えていた。

司会を行うのは広報課の管理官である。

警務部参事官兼人事第一課長の兼光が壇上に上がると、司会者が会見の開始を告げた。

警務部参事官が事案概要の説明に先立ち、不祥事の発生を告げて頭を下げた瞬間、一斉にストロボ照射が始まった。

「係長、うちのルートを使って梨田と親しかったという弁護士を紹介してもらいました。東京地裁で落ち合う予定です」

泉澤が榎本の顔を見るなり言った。

「動きが早いな。三木谷の詳しい経歴は出たか」

榎本は泉澤のデスク近くに腰を下ろして一息ついた。

「ほぼ解明しています。年齢二十七歳、独身。前科二犯、前歴三件。少年時代から愚連隊に入って悪さを重ねてきました。成人してからは二十歳で強姦未遂。これは起訴猶予になっています。二十四歳のときに強制猥褻をやらかしています」

「人間の屑だな。どうしてそんな奴が沈んでないんだ」

「沈む」とは刑務所に入ることを意味する。

「十代の頃は二回少年院に世話になっています。容疑は集団強姦です。成人になってから出てきたようですね。強猥で一年くらっています」

通常、強姦罪なら十二年以上の刑が下るが、集団での容疑だと主犯かそうでないかで刑の重さが変わる。

「そして今回、最悪の強姦殺人に手を染めたわけか」

「ストーカー行為がエスカレートしたようです」

もっと早く三木谷の暴力を阻止できていればと悔やまれる。

「過去の被害者一覧はあるか」

泉澤が頷き、榎本にファイルを手渡した。

「ちょっと待ってくれ」

ファイルを受け取った榎本は席を離れると、自分のマグカップにコーヒーをたっぷり注ぎ、ごくごく喉を鳴らして一気に飲んだ。苦味と酸味が口の中いっぱいに広がる。

泉澤が口を開けて見ていた。

「朝子供が牛乳を飲むみたいにコーヒーを飲みますね」

「そうか？　だが、だいぶ薄いな。誰だ今日コーヒーを淹れた奴は」

榎本は首をかしげたが、気を取り直した。

「まあいい。さて、三木谷の被害者は合計七人もいるんだな」

被害者一覧と被害者の個人データを見比べながら、榎本はある女性被害者の記録に目を留めた。

「この常盤久美子という女性は、二度も猥褻事件の被害にあったのか」

榎本は大人しそうな顔をした若い女性の写真を凝視した。

「一件目が三年前で三木谷に、二件目がその八ヵ月後に三木谷の遊び仲間に集団で暴行を受けたようです」

「二つの事件には因果関係があるんじゃないのか」

同じ女性が二度も同様の被害に遭うとはどういうことなのか。榎本はしばし唖然とした。

「裁判記録を見る限り因果関係は認められていないようです。集団暴行を行った連中には余罪があり、関与した全員が十五年の実刑を喰らっています」

その裁判記録を確認する必要がありそうだ。榎本は東京地方裁判所の公判記録の写しを取り寄せるよう指示した。

果たして公判記録の束の厚みは五十センチを超えていた。

「証拠採用分だけでこの量ですよ」

さらに別途、写真台帳などの書類が添付されている。あまりの資料の多さに気が遠くなりそうだ。

しばらく公判記録と格闘していた榎本だったが、次第に眉間に皺が寄っていった。

「三木谷の三年前の犯行は強猥と言うより、れっきとした強姦じゃないか。これでは被害者女性が気の毒すぎる。なんて弱気な検察官なんだ」

泉澤が公判記録を覗(のぞ)き込んだ。

「行為は合意の上だったと弁護人が主張していますし、三木谷とマル害が顔見知りだったということも大きいですね。しかも、被害現場が常盤久美子の居宅だったので、そういう判決になったんでしょうか」

梨田が追っていた強姦殺人事件と何かが重なるような気がした。

「裁判官も三木谷の弁護士の主張を認めているわけだけど……」

一般社会の常識から考えて納得のいく判決とは思えなかった。榎本は続けた。

「夫婦間でも強姦罪は成立するし、実際に認められたこともあるんだ。顔見知りだなんていうのは、強姦であることを否定する理由にはならないと思うけどな。ほら、マル害の衣服が無惨に破られているんだ」

再び泉澤は公判記録に視線を落とした。

「途中からマル害が翻意したことになっていますね」

「ブレーキが効かなかった責任は三木谷にあるのに、それで強猥で済むとは意外だよ。しかも前ありの性犯罪常習犯だ。検察はなぜそんな判断をしたんだ」

この事件捜査に当たった捜査員の話を聞きたいと榎本は思った。

「マル害にも話を聞いてみたいけど、思い出させるのは酷だな」

榎本と泉澤は顔を見合わせて、深く嘆息した。

それから榎本は人事二課経由で当時の捜査員を探し出した。いつどこで誰がどんな事件に関わったのか、警察の人事記録は正確に残してくれている。

事件の被疑者調書と実況見分調書を作成した練馬署の巡査部長は、現在捜査一課の係長になっていた。

「石持(いしもち)係長、過去のある事件についてお伺いしたいのですが」

電話でいくつか質問すると、石持は当時のことを細かに記憶していた。

榎本は捜査一課に飛んでいった。

「それは忌まわしい事件でしたよ」

石持はそう言って鼻からふーっと息を吐き出し、俯(うつむ)いた。口を横に引き結んだままだ。しばらく沈黙が流れたあと、石持は顔をあげた。

「事件の後、常盤久美子は自殺してしまいましたからね」

「えっ」

再び先ほどより長い沈黙があった。

「三木谷に暴行を受けた八ヵ月後、女性は三木谷の不良仲間四人に襲われました」

「はい、その事実は確認させてもらいました」

「この二つの事件に何の繋(つな)がりもないなんて、どう考えても不自然です。三木谷が仲間に教えたからに決まっています」

その繋がりを証明できるものがなかったのだろう。しかし事実としてはその可能性が強いと言っていい。

「三木谷が仲間に彼女のことを教えたんですね」

「常盤久美子は、二度目の事件の公判中に自殺しました。公判廷で被疑者の弁護士から執拗に事実関係を問いただされだいぶ憔悴(しょうすい)していましたから」

石持は目を瞑った。

「被疑者をバックアップしたのは、業界では人権派弁護士という評判で名の通った男です。本当に守るべきは被害者だろうと強く思いますけどね」

静かに話す石持に榎本も頷きながら同意を示した。

人権派を標榜する弁護士は多いが、中には犯罪者である少年を完全黙秘させ、一方で弱者である女性被害者を責めるように追及する者もいる。

「裁判所は被害者死亡の中で、あの判決を出したのですね」

「はい。被疑者サイドは控訴しましたが、高裁で棄却されて結審したんです」

「ところで、警察が三木谷を強姦罪で逮捕しながら、検察が訴因を強制猥褻に変更して起訴した理由は何だったんです」

石持は「そこなんですよ」と言って首をかしげた。

「地検の副部長が慎重すぎるというか非常識というか、合意の上での行為であったことを否定できないと主張したからです」

検察に対する不満は消えていないようだ。

「副部長の名前は覚えていますか」

石持は目を細めながら、必死に記憶の糸を手繰っているように見えたが、

「すみません。すぐには思い出せません」

と首をかしげ、調べればどこかに必ず記録があるはずだと言った。

「いえ、こちらで調査しますので問題ありません。ところで今回、捜一の梨田が自殺した件で、何か思い当たることはありませんか」

すると石持が「あっ」と声をあげ目を見開いた。

「係長、思い出しました。地検の副部長は梨田の親父ですよ。間違いないです」

榎本は自分の耳を疑った。

「こんな偶然がありますか」

「というと」

石持が怪訝そうに尋ねる。

「梨田は蒲田で三木谷を追っていたんです。誰よりも執念深く、です」

榎本は、事件の裏にまだ明らかにされていない人と人の繋がりがあることを確信した。


デスクに戻ると、榎本は三木谷に襲われ自殺した常盤久美子の過去を追うことを係員に指示した。

監察係の津田雅治は、まず被害者家族以外の関係者資料をあたった。被害者家族への聞き取りは、事件のあらましが分かってからの方がやりやすい。憎むべき事件について根掘り葉掘り尋ねて遺族を刺激したくないのはもちろんだ。また犯人を罰してやりたいという強い気持ちを持つ遺族の供述は、事実が歪められてしまうこともあった。

「当時の石持巡査部長が取った被疑者供述調書は参考になりますね」

津田の言葉を聞いて榎本が言った。

「そうだな。ただ調書作成のときに勘違いしてほしくないのは、被疑者供述調書以上に重要な書類があるってことだ」

津田は首をかしげた。

「被疑調以上に捜査に直結するものはないと思いますが」

「それは違う。参考人供述調書ほど捜査官の能力が試されるものはないんだ。被疑調は、供述の中に誤りがあれば、何度も取り直すことができるだろう。その点、参考人の聞き取りは原則一度限りだ」

「たしかに強姦被害者など辛い思いをした人物に何度も話を聞くことは憚られますからね」

と納得して頷く津田。

「参考人の中でも、特に被害者調書を作る際は慎重にあたるべきなんだ」

津田は常盤久美子の供述書を読み始めた。

「係長、この男に会ってみたいのですが」

しばらくして津田はある男の名を指差した。

「事件の前、彼女が交際していた男です。古屋隆俊。当時二十九歳ってことは、今三十二歳ですね」

「運転免許証を調べよう」

たちどころに古屋の現住所がわかった。

「横浜市在住です。勤務先は横浜みなと銀行、日吉支店。常盤久美子も都銀の若木銀行勤務でしたね」

津田は資料をクリアファイルにまとめ始めると、ジャケットに袖を通した。

「ちょっと横浜の銀行まで行ってきます」

「素早いな。僕から向こうの人事に連絡を入れて、アポを取っておくよ」

何かを掴んだ時はどんどん捜査を進めた方がよい。

榎本は常盤久美子の被害者調書を再び開いた。家族は両親と妹、弟がいるらしい。

彼らは今どこでどうしているのか。被害者遺族を調べることに僅かな後ろめたさを覚えたが、それでも榎本は淡々と運転免許証のデータ照会をした。

「一件ヒット。常盤光一。免許証を持っているのは弟だけか」

今度は住民票と戸籍謄本から追いかける。すると、家族の本籍は東京都狛江市にあることがわかった。

「竹内、狛江市役所に行ってきてくれないか。ついでに家族の現状を調べて簡単な報告を上げてくれ」

一人残された富坂分室で、榎本は自身で買い求めたコーヒー豆を挽いた。

豆の豊かな香りにつかの間ほっとしながらも、どこか心は晴れない。警察官の自殺が過去の事件を呼び起こしてしまったと思うと、複雑な気持ちだった。

監察は組織内の不正を追及するだけが仕事ではない。警察官が引き起こす事件は、警察社会の外と繋がりをもつものがほとんどなのだ。自殺した梨田の内面は茫洋と広がる社会と無関係ではあり得ない。

監察の捜査対象が無限に拡大していくようで、榎本はコーヒーカップを持ちながらしばし茫然とした。

「係長、家族について報告します」

係員の竹内利衣(りえ)からの電話だった。どうやら小一時間ぼんやりと過ごしてしまったらしい。

「両親は沖縄の離島、与那国島(よなぐにじま)で暮らしています。妹の亜矢子(あやこ)は死亡、弟の光一はソウル在住です」

なんと妹もすでに死亡しているらしい。報告を聞きながら榎本は眉をひそめた。

「妹が死んだのはいつなんだ。死因は」

「二年前、病死しています。体が弱かったのでしょうか」

感情を排除して、被害者家族の状況を頭の中でデータ化する。

「弟さんに話を聞きたいものだな。弟の情報も取っておいてくれ」

続けて横浜みなと銀行に出向いていた津田から連絡が入った。

「古屋隆俊さんから話を聞きました」

津田の調子も努めて冷静だ。

「彼の様子は」

「落ち着いていましたね。僕が聞いたことに対して淡々と答えてくれました。ただ、自殺に追い込まれた常盤久美子の話になると、やや顔を紅潮させながら、一生忘れられないと強い口調になりました。今後他の女性と結婚するつもりもないそうです」

榎本は携帯電話を握りながら思わず瞼を閉じた。

「他に新しく分かったことは」

すると津田が大きく息を吸い込んだ。

「驚きました。古屋さんと梨田は学生時代から面識があったようです。通っていた大学は異なりますが、大学をまたいだ同じトレッキングサークルに入っていたということです」

「そうか……」榎本は嚙み締めるように呟いて、部屋の壁をじっと見つめた。「繋がってきたじゃないか」

「古屋さんは社会人になってから数回梨田と連絡を取り、梨田に常盤久美子を婚約者として紹介したそうです」

今度は真面目で正義感あふれる梨田の顔が浮かんだ。

「常盤久美子が犯罪被害に遭ったことや、自殺したことについても、梨田に話していたんだろうか」

「そのようです。梨田は警察官として何もできずに済まない、と何度も頭を下げたといいます」

梨田は自分を責めたのだろうか。そして三木谷の罪状を過小評価して情状酌量の余地を残した、検事である梨田和雄の判断についても。

「常盤久美子の妹について何か聞いたか」

津田はやや言い淀んだが、

「妹の亜矢子さんは姉の事件のあと、ショックのあまり塞ぎ込んでしまったそうです。心を病み、最後は精神病院で突然死したと……」

榎本の喉がごくりと音をたてた。

「そんなことがあっていいのか……」

榎本は絶句するほかなかった。

しばしば現実は、想像の世界を圧倒する残酷さを見せる。警察官として生きる者は皆、現実の容赦ない非情さを肌で知っているが、今度ばかりは榎本も強い衝撃を受けてたじろいだ。

「古屋さんはソウル在住の弟のことを知っていたか」

「はい。弟の光一さんはメーカー勤務で連絡先を教えてくれました」

「話を聞かせてもらうことにしよう」

電話を切ると、榎本はこれからの捜査をどう組み立てていくか思案に暮れた。捜査は確証を得られなければ決着しない。曖昧な思い込みが逆に捜査を妨げることもある。

「調べたことをデータ化しておけば、将来の事件捜査に役立つかもしれないんだ」

気を取り直すように榎本は自分に言い聞かせると、もう一度竹内利衣を呼んだ。常盤光一への連絡を任せるつもりだった。

難しい聞き取りになるかもしれないが、捜査を通して係員たちは大きく成長するものだ。

「俺はもうその話をしたくないんですよ」

国際電話に出た常盤光一の第一声に竹内は言葉を詰まらせた。若い男の声には、憎しみが滲んでいた。

「申し訳ありません。ご遺族の意思は最大限に尊重しなければならないことは理解しております。しかし、今回新たに発生した事件の全面解決にあたって、常盤光一さんにどうしてもお伺いしておきたいことがあります。どうかもう一度だけご協力を賜りたいのです」

「あの犯人がまた事件を起こしたの？」

「はい……そうなんです」

竹内がどう説明しようか逡巡していると、光一がにわかに気色ばんだ。

「警察は何やってんですか。あの変態野郎を野放しにしていた警察が悪いでしょう。まあ、あんたたちが捕まえたって、どうせ司法がめちゃくちゃな判断をするだけですが」

竹内が戸惑いながら曖昧な相づちを打つと、さらに光一はまくしたてた。

「裁判官に少しでも常識があれば、こんなに性暴力の再犯率が高いはずはありません。アメリカみたいに懲役二百年ぐらい出せばいいんですよ」

「法律上、日本では難しいんです」

竹内も内心、刑を科した犯人が再犯を犯した場合、求刑よりも軽い判決を出した裁判官に減俸や免職の処分を下せばいいと思っていた。そうすれば安易な判決は出ないのではないだろうか。

被害者の保護より加害者の権利を優先する国を、法治国家とは呼べないだろう。

「お気持ち、すごくよく分かります。犯人には、しかるべき刑を受けさせお姉さんに対してのぶんも償ってもらいたいと思います。どうかご協力いただけませんか」

「わかりましたよ」光一は鼻から息を吐き切って言った。「話って何ですか」

「三点あります」

竹内は用意したメモに視線を落とす。

「まず、久美子さんが生前交際していた古屋隆俊さんについてお伺いしたいのです。次に、久美子さんの事件を担当した検察官について、そして最後に亜矢子さんについて」

何度も聞き返すことができない質問である。また被害家族ゆえのバイアスもある。竹内は全身を耳にして話に集中した。

「古屋さんにはとても感謝しています。未だに俺を気遣って連絡をくれます。久美子姉さんが自殺した時は、うちの親はショックでほとんど動けないほどだったんですね。代わりに、古屋さんが葬儀の手配や仕切りをしてくれたんです」

「本当に優しい方ですね」

古屋もまた責任感の強い若者だと思う。

「事件の担当検事は、本当に人間味のない奴でしたね。被害者サイドの心情を無視した言葉を何度も浴びせられましたから」

「光一さんは裁判を傍聴されたんですか」

「ええ。犯人の弁護士が、双方に合意があって性的行為に及んだと何度も言うので、俺は頭に来て傍聴人席で怒鳴りました。そうしたら、弁護士は俺を退場させるよう、裁判官に申し入れたんですよ。酷い野郎です。金がもらえるなら、何でもやるのかって」

被害に遭った姉を侮辱までされたら、遺族としては黙っていられないだろう。

「裁判について、率直にどう感じましたか」

「検事も弁護士も裁判官もぶん殴ってやりたかったです。犯人は死んで当然。司法が犯人に罪を償わせないなら、俺の手で償わせたいと思いました」

それが残された家族の偽らざる本音なのは、理解できないことではなかった。

「亜矢子さんに病状が現れたのはいつごろですか」

すると光一のため息が聞こえた。

「久美子姉さんの公判中から奇妙な行動を取るようになりましたが、自殺で彼女の中の何かが決定的に切れてしまいました。それから本人も自殺未遂を起こし、病院に入りました。最後はずいぶん痩せてしまって」

竹内は身構えながら聞いていたが、次第に鼓動が早まるのを感じた。

「本当にお気の毒です」

「今更同情していただかなくてもいいですよ。亜矢子姉さんは、最後までしぶとく日記をつけていました。それは今母が保管していると思います」

日記を見せてもらった方がよいだろうか。竹内は考えたが、今はその依頼をする時ではないと思い、質問を変えることにした。

「光一さんは最近日本に帰られましたか」

光一の出入国記録はすでに調べ上げてあったが、竹内はあえて尋ねた。

「おといまで十日間、東京本社で仕事をしていましたが」

光一の言葉に嘘はなかった。梨田の事件が起きたとき、光一は東京にいたのだ。

竹内はその後いくつかのことを尋ねると深く礼を述べて電話を切った。

竹内から光一の報告を受けた榎本は、泉澤をデスクに呼んだ。

「三木谷義紀が潜伏していたインターネットカフェの防犯カメラ画像を、もう一度詳細に確認してもらいたいんだ。すべての出入りと時刻をチェックしてくれ」

「はい、ネットカフェ周辺の防犯カメラも調べておきます」

「頼む。それと、奴が使っていたブースのパソコンを調べること。検索履歴など全部だ。あと梨田がレンタカーを借りていなかったか、記録を見ておいてほしい」

そう言って榎本は泉澤に光一のデータファイルを託した。

「連続強姦被害者、常盤久美子の弟だ」

「光一のデータは了解です」それから泉澤は怪訝な顔で言った。「レンタカーですが、梨田は捜査車両を使っていたはずではないですか」

「レンタカーか捜査車両が近くの駐車場に入庫していなかったかも調べればパーフェクトだ」

泉澤は榎本の意図がわかったと見えて、一瞬目を見張ったが素早く頷く。

「捜一の庄司さんを訪ねてみてくれ」

飲み込みの早い泉澤は、もう一度頷いて分室を出て行った。


「榎ちゃんから聞いてるよ」

泉澤が官職氏名を名乗ると、捜査一課庶務担当係長の庄司はぼやくように言った。

「どうして監察がそんな熱心に三木谷の動きを追うんだい」

訝しげな顔で問われる。犯人探しを続けている捜一からしてみれば、面白い話ではないだろう。

「すみません係長、榎本係長の指示なんです」

泉澤はおずおずと頭を下げる。

「まあ、梨田の件はこっちが迷惑を掛けていることだから協力は惜しまないよ。何か捜査上に見落としがあったら教えてよ」

庄司は周囲を憚りながら言った。事件指導担当係長に聞かれたくないに違いない。

「承知しました」

泉澤は奥の小部屋に通され、早速モニターに向かった。

インターネットカフェ内とその近辺に設置された防犯カメラの画像は、すべて捜査一課の特殊班サーバーに保存されていた。

画像をもとに、三木谷の動きをデータ化したファイルを開いてみる。三木谷の入店時間と退店時間は記されていたが、途中の出入りについては情報がなかった。

泉澤は店内に六個ある防犯カメラ画像を端から調べ始めた。

検索対象は、梨田賢一郎である。

「係長、ちょっとこれを見て下さい」

泉澤は庄司をパソコンの前に呼んだ。

「これは、三木谷が消えた日の午前四時、梨田が店を割り出した時の画像です」

「何度も見たよ。梨田が緊急報告したとおりの画像だった。三木谷はその少し前、午前三時過ぎに退店してるんだ」

庄司はかぶりを振った。

「では、この画像はどうでしょう。その日の午前零時三分です」

泉澤は別の画像を映し出してある男を指差した。

「先ほどと服装は違いますが、これも梨田ですよ」

「本当か」

庄司は体を乗り出して画面を凝視する。

「しかも、梨田は入り口から真っ直ぐこのブースに向かっています」

三木谷が潜伏していたブースである。

「さらに、前日の午後八時四十七分にも梨田はこの店にいた」

梨田はこの時も、入り口から入店すると、周囲を探す素振りもなく、目的のブースに向かっていた。店内にある複数の防犯カメラ画像がその様子をはっきり捉えている。

「どういうことだよ」

腕組みをした庄司は肩を大きく上下させながら画面に見入っている。

「梨田は早い時期から三木谷を発見し、視界に入れていたんですね」

泉澤は仮説をたてた。

「三木谷はここに隠れていたのではなく、梨田からここにいるように言われていたのかもしれません。あ、また出てきました」

前日の午後四時十二分の画像では、梨田と三木谷がブース近くで対面していた。

「あの野郎！」

庄司の怒声が小部屋に響いた。

「梨田が三木谷を最初に発見した時間を突き止めましょう。防犯カメラ画像を一斉検索します」

泉澤がパソコンのキーを叩くと、数十件の画像が検出された。

「この画像は、三木谷が最後に確認された日の前日の昼間のものです」

エレベーターホールで並んで立つ梨田と三木谷だった。画像のタイムカウンターは午後一時二分四十秒。

「たしかに、梨田はこの日の早朝から錦糸町周辺を追跡捜査し始めたんだ。いち早く当たりを付けたのかもしれないな」

庄司は記憶を辿りながら呟いた。

「このインターネットカフェは長時間パックを申し込めば、途中の出入りは自由です。三木谷は店外に出たところを、梨田に目撃されたのかもしれません」

泉澤は捜査管理システムからデータベースマップを開く許可を得ると、インターネットカフェ近辺のコインパーキングを示した。

「榎本係長から、ここの使用状況も確認するように言われています。梨田がレンタカーを借りた形跡がないかも」

庄司は黙って頷いたので、泉澤はその場でレンタカー会社へ連絡をとった。

「警視庁警務部の者です。三日前に、ある男がそちらで車を借りたかどうか至急確認いただけないでしょうか。男の名は梨田賢一郎。年齢三十二歳」

泉澤が折り返しの電話を待つしぐさをする。

「榎ちゃんと泉澤主任は、ぜひ次は捜一に来てほしいな」

人心地ついたのか庄司は朗らかに言った。

「最新版のDBマップを見ると懐かしくなります。うちにも入れてもらうよう、予算請求したいぐらいです」

「ヒトイチに？　いや、あなた方なら使いこなすだろうね。ところで前はどこにいたの」

「公総です」

「どうりで。あっちの予算は桁違いだから、機材も揃っているだろうね」

「確かにものは揃っていますが、有効活用されているとは言えません。宝の持ち腐れでは仕方ないのですが」

そこへレンタカー会社から連絡が入った。

予想通り、梨田は三日前に車を借りていた。

貸し出した時間帯と走行距離、ＧＰＳによる走行記録が保存されているという。最近のレンタカーの多くにはＧＰＳが搭載されており、たちどころに走行状況が判明した。

泉澤は捜査関係事項照会を作成し、レンタカー会社からデータを受け取る手はずを取った。データは泉澤班のパソコンに送ってもらえばよいだろう。

「泉澤主任、梨田の走行データが届きました。詳細はこれから解析しますが、レンタカーの目的地は大田区京浜島二丁目にある、京浜島つばさ公園でした」

報告の早い係員である。こういう場合、たとえ概要だけでも、判明した内容をすぐに報告させることが大切である。

京浜島つばさ公園は、羽田空港に面した海岸線にあり、飛行機の離着陸を間近に眺められるスポットとして知られている。

「京浜島の公園だって?」

係員からの報告を伝えると、何か思い出したのか庄司は苦笑いをした。

「今年の春のレクは、その公園の芝生でバーベキューをやったんだ。羽田のB滑走路が見える場所でね」

「以前、日航機が墜落した辺りですか」

「そう。まさに事故当時、あの近辺に潜って遺体を探した捜査員の一人が、今うちの管理官になっているんだ。その方がバーベキューをつつきながら言うんだよ。事故から三日後、海中で見つけた遺体にはシャコやアナゴがびっしりくっついてたって。思わず口に入れていた肉を吐き出しそうになったな」

「食事中には厳しい話題ですね」

泉澤も思わず顔をしかめて首を横に振った。

「ところで梨田もバーベキューに参加したんですか」

「来てたよ。話に驚きながらも食欲旺盛だったな」

泉澤はDBマップを再び立ち上げ、航空写真モードに切り替えて京浜島つばさ公園を俯瞰して見た。梨田が車を停めるとしたらどの辺りだろう。

「この駐車場の裏は防波堤ですね。この辺の海の深さはどのくらいでしょう」

「防波堤の少し先にテトラポッドがあるだろう。そこそこ深いだろうね」

「いい調べをしたな。庄司さんには僕からも礼を言っておくよ」

泉澤が自席に戻ってくるのを待ち構えていた榎本は、部下の姿を認めると脇のソファーを指した。

「ちょっと応接に来てくれ」

すでに榎本は京浜島へ係員を向かわせていた。

「今、科警研で拳銃鑑定に立ち会っていた町村から報告があった。やはり、あの銃で数日以内に二発発射されていることがはっきりしたそうだ」

そう言うと榎本は口元を引き結んでゆっくり頷いた。

「発射残渣が確認されたんですね」

泉澤も確信を得たとばかりに、こくりと頷いた。

弾丸を発射すると、爆発した火薬が薄い層になって弾倉に付着する。これが発射残渣である。拳銃の訓練時など、何十発も連射した場合は層と言うよりも塊状になる。

「京浜島なら、航空機の轟音で拳銃の発射音はかき消される。湾岸署の現場鑑識に出動を依頼するか」

あの公園が殺害現場になったと断定するためには証拠が必要だ。

「あとは犯行動機を解明したいですね」

泉澤は体を前のめりにして、榎本の視線を正面から捉える。

「係長、もう一つ重要な報告があります。常盤光一のレンタカーの使用状況も調べたところ、光一もあの日車を借り、京浜島まで走らせていたんですよ」

「なんだって。時間は」

「梨田が錦糸町を出た二時間後に、芝浦で借りて京浜島に向かっています。これって偶然でしょうか」

榎本は何も答えず目を瞑った。

確かに梨田の携帯の通話記録には発信先と発信元が不明な電話番号があった。二人が連絡を取っていた可能性も視野に入れるべきだろうか。

もし梨田と常盤光一が共犯関係にあるならば、その立証に向けた、より厳密かつ慎重な捜査が求められることになる。榎本は自分の前に再び広大な闇が広がったように思えた。しばし目の前にいる泉澤のことも忘れ思考に没頭した。

「おう町村、ご苦労様。ちょうどよかった。こっちに掛けて」

そこへ泉澤班の巡査部長、町村が科警研から戻ってきた。町村は一礼して泉澤の隣に座ると口を開いた。

「発射残渣の件ですが、一回目の発射から二回目の発射の間隔は五日以内と断定されました」

「そうか」榎本は大きく頷き、続けて尋ねた。「そもそも捜一での銃の管理状況はどうなっていたんだ」

梨田が捜査中に銃を携行する必要があったのか、かねてから疑問に思っていた。

「捜査一課で貸与されたものを、蒲田署に預ける形をとっていたようです」

「三木谷は強姦殺人を働いた凶悪犯ですが、凶器は電気コードでしたね。三木谷が凶器を持って逃走しているという裏付けは取れていなかったはずですが」

泉澤が榎本の質問の意図を汲み取って補足する。

「梨田の他に、拳銃を携行していた者はいたのか」

「追跡班の三人が持っていました。逮捕現場で何が起こるかわからないと、梨田が申請したようですね」

そう町村が言うのを聞きながら、榎本は腕を頭の後ろに回して、ふーっと息を吐き出した。

「とすると捜査一課も処分者が出るだろうなあ」

「一課長、担当管理官、担当係長辺りが処分の対象でしょうか」

泉澤は榎本の表情を窺いながら尋ねる。

「特に沼田一課長は将来有望だったけど、これで終わったな。人事としても残念な話だ」

若い町村はこの手の話にどう反応すべきか迷うのか、じっと自分の膝を見つめたままだ。

「カムバックの可能性は」と泉澤。

「気の毒だけどゼロだな」

トップに近づくほど部下の不祥事が発覚した場合の痛手は大きい。それまでのキャリアが台無しになってしまうことすらある。

「梨田は沼田一課長を恨んでいたとか？」

「一介の巡査部長と捜一課長が、それほど深い人間関係を築くことは難しいぞ。捜一への当て付けなら、所轄で自殺しないだろう」

するとおずおずと町村が尋ねた。

「梨田は捜一への帰属意識は高かったのでしょうか」

「警察組織への高い帰属意識をもつ者は、そもそも拳銃自殺なんかしない。われわれの組織にとって、帰属意識というのはとても大切なものだ。これがなければ警察官は務まらないし、体を張って一般市民の生命身体を守ることもできない。青臭い話をするつもりはないが、警察組織の一員であるという誇りがなければ、危険な使命を全うすることなどとてもできないはずだ」

榎本は真剣な眼差しを二人の部下に注いだ。

京浜島つばさ公園には、監察係員の津田と現場を管轄する湾岸署の捜査員が集まっていた。

公園入り口にある駐車場には数台の警察車両が停められている。駐車場裏の芝生を、鑑識が這うように調べていた。

「キャップ、血痕です」

現場鑑識の鑑識官が声を上げた方向へ捜査員たちが駆け寄る。

「かなりの量だな」

血痕が見つかったのは防波堤から二メートルほど離れた芝生だった。

「すぐにＤＮＡ検査に回してくれ」

係長が指示を出す。

「引きずられた跡がないか調べます」

鑑識官が言うと、しばらくして別の鑑識官が、

「これは台車のタイヤの跡ではありませんか」

としゃがんだまま地面を指差した。

「何かを台車で運んだのか」

芝生に腹這いになってタイヤ跡を観察する。

「台車を海側に動かした形跡がわずかながら認められます」

鑑識官が声を上げると、係長は額に汗を滲ませながら頷く。

そこへ無線機が鳴った。

「この付近の水深は約五メートル。船上から海底を視認することはできず。現在、海底にカメラを投入し不審物を捜索中。どうぞ」

舟艇に乗り込んだ湾岸署の刑事課捜査員からの報告である。

「現場鑑識了解。なお、現地点から岸壁直近の捜索を乞う」

「舟艇了解」

海と陸両面からの捜査がしばらく続いた。

「キャップ。ここに何らかの新しい擦過痕があります」

鑑識官が防波堤のコンクリートに残されたわずかな擦過痕を見つけた。

「濃いグレーのビニール状の繊維が残っているようです」

「採取しておいてくれ」

そう言うと係長は無線を取り出した。

「現場鑑識から舟艇宛て。この地点付近の捜索を願いたい」

地上から合図用の旗を振ると、舟艇に乗り込んだ捜査員が両手を高く上げて丸を作った。

「この角度からじゃ、よく見えないな。移動車を出してみるか」

舟艇班長が船に乗り込んでいる捜査員に言った。水中カメラは舟艇から伸縮式のパイプでつながれている。

「移動車？」

慣れない捜査員が聞き返すと、

「水中探査機のことだ。もともとは水難救助隊を持つ第二機動隊用に開発されたものなんだが。水深十メートルまでなら、リモコン操作で動かせる。移動車が送ってくれた画像を船内で確認すればいい」

と舟艇班長は答え、早速操舵室のロッカーから移動車を取り出した。

移動車はサンドバギーを小型にしたような形状で、長さ五十五センチ、幅四十五センチほどあった。ボディーはチタン製で、転倒しても自動で立ち上がってくれる。

強力な磁石が付いた電動の竿の先端に移動車を取り付け、コードにつないでゆっくりと水中に下ろしていく。

「海底を探知したようだ」

移動車は自ら海底に潜っていった。

「下ろすのは簡単なんだが、引き上げるのが大変でね」

舟艇班長が苦笑いする。

間もなく海底の様子がモニターに映し出された。海藻が茂る中、車エビや小魚が行き来する姿が目に入る。

「豊かな生命溢(あふ)れる海ですね」

捜査員が海洋学者のような口ぶりで言う。

移動車は岸壁方向に進路を取って少しずつ進んでいく。

「あれはなんだ」

舟艇班長がモニターを指した。岸壁から一メートルほどのところに、グレーのビニールバッグのようなものが沈んでいる。リモコンで移動車を近づけた。

「見つけましたね。これは中距離用パラシュートを入れる袋ですよ」

捜査員が首を前に突き出しモニターを凝視しながら続ける。

「これはフランス製ですね。陸上自衛隊習志野空挺団で去年あたりから採用されたものです」

捜査員が確信を込めた声で言い、振り返って舟艇班長と頷き合う。

「かなり大きいな」

「中距離パラシュートを使えば、二十キロから三十五キロ移動できますからね」

習志野から皇居まで飛んでいくだけの浮力と揚力が備わっているということだ。

「こんなものを手に入れられるのは、関係者かな」

捜査員が無線を入れた。

「舟艇から現場鑑識宛て。間もなくブイが上がる地点に、パラシュート用格納袋を発見。確認を願う」

海面に黄色の小さなブイが現れた。

「さすがに湾岸署、専門的な機材を持っていますね」

一連のやりとりを見ていた監察の津田が驚いて言うと、鑑識係長は胸を張った。

「うちのテリトリーは、東京都内の湾岸エリアと河川の河口から五キロ付近。水辺は強いんだ」

「小笠原警察を除けば、湾岸署は警視庁管内で一番広い管轄ですよね」

「その通り。刻々と変わる地図に合わせて、機材も対応させてるよ」

埋め立てが進むたびに、地形が変わり海岸線も変化するということだろう。

「さて、第二機動隊に不審物の引き上げをお願いしましょう」

係長が頷く。津田は水難救助隊の派遣を要請した。

警視庁警備部第二機動隊、愛称は「河童の二機」。第二機動隊は、歴史的に水難救助の専門部隊を持つことからこう呼ばれる。学園紛争が華々しい時代には、「近衛の一機」「誇りの三機」「鬼の四機」と各機動隊の愛称は学生の間にも浸透していた。

間もなく水難救助隊が緊急走行で現場に到着した。

頭に水中カメラを付けた四人の隊員が、手早くゴムボートに乗り込んだ。引き上げ機材としてウインチを積んである。

ブイが浮く地点に近づくと、三人の隊員がボンベを背負って海に入った。

「いよいよですね」

津田が興奮気味に係長の方を向いた。

「水深は五メートル強。彼らなら海底までまっしぐらだ」

係長は腕組みをして海を見つめている。

果たして一人の隊員からすぐに連絡が入った。

「目的物発見。折れ曲がらないよう、底板とエアーマットを設置する。目的物は、両端をアンカーで固定されている。アンカーを切断後、浮上準備にかかる」

津田がモニターを覗き込むと、確かにグレーの物体の両脇が金属製の鎖で固定されていた。津田は眉根を寄せたが、

「こんなの簡単さ」

と言って係長は得意げに微笑む。

一人の隊員が鎖をエアーカッターで瞬く間に切断すると、別の二人がグレーの物体の下に、強化プラスチック板とビニール製のマットを差し挟んだ。

「エアーオン！」

掛け声とともにエアーマットが膨らみ、厚みが出る。

「いろいろな特殊機材があるものですね」

津田はまたしても感嘆の声を上げる。

グレーの固そうな袋に包まれた不審物が海面に浮上するまで、それほど時間はかからなかった。

「このままウインチで陸揚げですね。ひとまず中身の外観だけ確認して、遺体であれば大塚の監察医務院に搬送します」

鑑識官たちは目の前に横たわる不審物を見下ろして、

「頑丈な包装だな。袋にはエアー抜き用の穴も空いてるよ。用意周到だわ」

「その穴から若干ながら腐敗臭が出ていますね」

と口々に言い合った。

「撮影班、準備はいいか」

撮影班は不審物の脇に置いた脚立に上った。

「準備ＯＫです」

上から全体像を撮り終えると、脚立から降りて今度は周囲の状況を時計回りに撮影していく。

「開披願います」

撮影班は再び脚立に上りカメラを構える。

「パラシュートの下は透明なビニールシートでぐるぐる巻きだ。まるでミイラだな」

シャッター音が連続して鳴り響いた。

「透明ビニールシートを外すぞ」

中を傷つけないよう、数人の捜査員が慎重にシートを開いていく。

「三木谷に間違いありません！」

そこには目を見開いたまま逝った、無惨な姿の男が横たわっていた。額の中央が丸く黒ずんでいる。虚空を見つめる力無い瞳の中に、恐怖の残滓(ざんし)があった。

「一発、真正面から被弾していますね」

「相当な恨みを買っていたんでしょうか」

「外国人の犯罪かな」

津田は湾岸署の捜査員たちに事件の全体像をまだ伝えてはいなかった。

「……これは警察官の犯行という見立てです」

予想外の津田の言葉に鑑識係長は呆気に取られている。津田は小さく会釈してその場を離れると、Pフォンを取り出した。

「榎本係長、やはり三木谷でした。遺体はこのまま大塚に搬送します」

「了解。拳銃が使用された痕跡はあったか」

海に沈められていた遺体を見て津田の心臓は早打ちしていたが、榎本の冷静な声を聞き、次第に落ち着きを取り戻していく。

「額に一発被弾した跡がありました。傷口の大きさから例の拳銃と思われます。大塚から科警研のデータを送りますので、手配をお願いします」

遺体は大塚にある東京都監察医務院に運ばれた。

津田が到着すると、監察医のほか湾岸署鑑識課の筆頭検視官が丁寧に頭を下げた。

「あ、榎本係長」

彼らの奥に廊下の壁によりかかる榎本を見つけ、津田は驚いた声を上げた。

「わざわざお越しになったのですか」

榎本は口元を結んで大きく頷いた。

「梨田が命を懸けた行為を見届けるのも監察の仕事だと思ってね。僕も立ち会わせてもらうよ」

司法解剖が始まると、監察医はまず頭部の銃創の検案をした。

「至近距離から撃たれていますね。弾丸は九ミリというところでしょう。貫通の状況から射角はほぼ垂直。仰向けに寝ているところを上から撃った可能性もあります」

頭部の損傷は額よりも後頭部の方が大きく、額から入った弾丸が後頭部に抜けたことを物語っていた。

「現場から弾が出てくれば使用銃器も特定できる。おそらく三十八口径だ」

榎本は自分に言い聞かせるように呟く。

続いて監察医は首から下の状況を調べた。

「両手両足がロープで縛られていますが、だいぶ頑丈に縛ってあります」

「この結び方は舫(もや)い結びの応用です」

すかさず榎本が指摘する。

「犯人はロープの使い方に慣れていますね」

検視官も腕組みをして言う。

「外傷は頭部の銃創以外に認められませんが、腹部に相当数の殴打痕があります。

内臓が破裂しているかもしれませんね。では開腹しましょう」

メスが静かに腹部の皮膚、筋肉、腹膜を切り裂いていく。臓器が現れた。

「やはり脾臓が破れていましたね」

みぞおち部分には多量の出血が認められた。

「ですが、これが死因ではありませんね」

検視官が確認をするように監察医に尋ねた。

「ええ違います。頭部の出血状況から見て、頭部の銃創が死因であることは間違いないでしょう。なぜなら眼球の溢血点が少ないからです。これは即死を意味します。しかし仏さんは苦しみも経験している。その証拠は口腔内にあります。奥歯に新しい欠損がありますが、おそらく痛みを我慢したか、恐怖で歯を強く噛みしめたために、歯が欠けたのでしょう」

監察医は執刀を続けながら淡々と所見を述べた。

「この仏を殺害した者は、仏を苦しめてから命を奪ったわけですね」

榎本は苦々しげに言った。

「そうですね。苦しみを与えながら、銃を使って仏の恐怖心を高めていったのでしょう。ですが拷問のように、時間をかけてとことん苦しめはしなかったんですね」

「犯人にも焦りがあったのでしょう」

榎本は首をすくめる。

「でも十分冷酷な手口だと思いますよ」

監察医が鼻に皺を寄せた。

「どういうことですか」

検視官が訊ねると、

「この遺体を魚の餌にでもしてしまおうと思ったのでしょう、ほら」

監察医が遺体の腹部を示すと、そこには複数の刺し傷があった。

「生体反応が認められませんから、これは仏になった後に施されたと考えられます」

すると、津田が初めて口を開いた。

「遺体は特殊なシートに包まれていましたが、そこにも空気抜き用の穴が複数開いていました」

「そうですか。臓器を切ってみれば分かると思いますが、何かが入っている気配がありますね」

榎本は思わず眉を寄せたが、検視官は仕方ないとばかりに、

「率先して見たい光景ではありませんが、一応確認しておきますか」

と監察医を促す。そう言われては榎本と津田も頷くしかない。

監察医が澄ました顔で執刀すると、遺体の腹部から二匹のアナゴがにゅるりと現れた。

「ほう、江戸前の中でもいい形をしていますね。魚屋に持っていけば喜ばれますよ」

監察医の軽口に誰も応じない。

「……もうしばらく江戸前のアナゴは食べません」

津田が乾いた小さな声を出したが、

「消化器内には大した残留物はありませんね。まあ、このアナゴが食べたのかも知れない。奴らも美味(うま)いところをよく知っているんですよ」

監察医の大らかな笑い声が静まり返った部屋に響いた。

解剖室を出て、榎本と津田は紙コップに入った冷たい水を一気に飲み干した。

「よい経験をさせていただきました」

津田が口をへの字に曲げて言うと榎本は笑った。

「これで梨田が三木谷を殺した確証が得られたな」

「係長はいつから梨田による三木谷殺しを疑い始めたのですか」

「梨田がインターネットカフェの傍から緊配を要請したと知った時だ」

津田は目を細めた。

「なぜです」

榎本はにやりとした。

「緊急配備となれば、錦糸町周辺に警察官が集まることになる。通本は駅とその周辺に捜査員を配置するに留め、緊配をかけなかったが、錦糸町周辺に多くの捜査員が集められた点では同じだ。その間に梨田は、三木谷をレンタカーに乗せて京浜島へ向かったというわけだ」

「捜査員を錦糸町に留まらせておきたかったということですか。それにこの状況で緊配をかけたら、三木谷に自分が見つかったと悟られますからね。普通なら、秘匿に捜査員の応援を要請すると思います」

「その通り。あとはやはり、捜査一課はツメが甘かったな。インターネットカフェの店内カメラに三木谷が写っていたことを見つけて、安心してしまった。仲間の梨田を検索対象にすることを無意識にためらったのかもしれない」

「梨田も自分が画像解析のターゲットにされるとは思わなかったでしょうね」

「そうだな」

榎本は津田の肩をぎゅっと摑んだ。

「さて、監察の本当の仕事はこれからだ。本部に戻るぞ」


榎本がデスクに戻ると、泉澤が待ち構えていたように相談に来た。

「どうした」

泉澤はメモした電話番号を示して、

「先ほど常盤光一さんから連絡があったんです。与那国島で暮らしているご両親が亜矢子さんの日記を保管していると聞きました。日記を警察関係者に見せるよう光一さんが説得したそうです」

常盤の父親にはすでに一度、再協力を断られていた。

「日記の存在は竹内からも聞いていたが、見せていただけるのであれば、それはありがたい」

常盤光一が梨田と共謀していた可能性は未だ否定できない。父親への説得の裏側に何かあるかもしれないとも思う。

「郵送してもいいということですが、どうしますか」

「父親の連絡先はわかっているか」

「住所と電話番号を聞いています」

「よし」榎本は眉を上げた。「すぐに飛ぼうじゃないか」


翌朝一番のフライトで、榎本と泉澤は石垣島経由で与那国島へ向かった。

「富士山が綺麗ですね」

泉澤は目を細めながら窓の外を眺めている。

「霊峰富士か……警視庁警察学校の寮歌にもあったな」

「係長の時代もまだあの歌でしたか。学校が府中に移転してから、校歌の歌詞が変わったらしいですよ」

「それは知らなかったな」

早くも午前中に石垣島へ到着した二人は、続いてプロペラ機に乗り換えた。

与那国島は南西諸島八重山列島の西端、日本最西端の国境の島である。

全周三十キロに満たない小さな島だが、波瀾万丈の歴史を持ち、ダイナミックな自然に恵まれている。剝き出しの岩肌や切り立った断崖を見ると、体にパワーが満ちてくるような気がした。

常盤姉妹の父親、直之(なおゆき)に空港で迎えられた。

「ようこそいらっしゃいました」

よく日焼けした顔には細かな皺が幾重にも刻まれているが、表情はまだ若々しい。直之はかつて銀座でクリニックを経営していたが、娘の事件のあと東京を離れ、ここで診療所を開いていた。

三人は早速車で直之の家に向かった。

「なぜこの地を選ばれたのですか」

運転席の斜め後ろから榎本は尋ねた。

「とにかく東京から離れたい一心でした」

自家用車を運転する直之の横顔には、未だ癒えない傷が刻まれているように見える。

「お気持ちはお察し致します」

助手席の泉澤も小さく頭を下げる。

「犯人が死亡したということですが、いったいどういう経緯で」

直之は落ち着いた様子で尋ねた。

「殺害されました」

榎本は短く言った。長い沈黙のあと直之が静かに口を開く。

「因果応報とはまさにこのことですね」

「奴は頭部を拳銃で撃ち抜かれ、海に沈められていました」

「そうですか」直之はわずかに口元を歪めた。「あの犯人には、そんな形の死がお似合いだと思いますよ。今度のことで、安堵とは言いませんが、一区切りがついた気がします」

「三木谷の遺体は、奴を殺害した者の背景を調査する中で我々が見つけました」

すると直之はバックミラー越しに榎本を見た。

「榎本さんは監察係長という肩書ですが、監察というのは警察内部を捜査する部署ではないのですか」

「おっしゃるとおりです」榎本はやや間を置いて、「三木谷を殺害したのは、奴と同年代の現職警察官だったと思われるため我々が内部調査に入っています」と言った。

しばらくの間、車内には音を絞った明るいラジオの音だけが流れた。

直之がやや遠慮がちに口を開く。

「その若い警察官は今はどう……」

「拳銃自殺しました」

直之は深く息を吸い込みゆっくりと息を吐き出す。

「二人の娘を亡くした私ですが、最近、犯人を憎む気持ちが少しずつ薄まってきています。一度憎しみの極限まで達すると、あとは事実を受け入れるしかないという境地に向かうようです。この美しい島のおかげかもしれませんが」

「いえ、直之さんの深いお人柄ゆえだと思います。人の温かさというのは、初対面でも瞬時に分かるものです」

「さらに、この度は光一さんにも捜査にご協力いただき、感謝しております」

泉澤も声を掛ける。この父親のためにも、光一の動きを正確に摑まなければならない。

両側に濃い緑が続く道を、車は颯爽と駆け抜けていった。

直之の自宅に到着すると、広々とした居間へ通された。南の島の診療所と聞いて、素朴な風合いの建物を想像していた榎本は、居間から見えるウッドデッキに目を留め思わず感嘆の声をあげそうになる。

「医者というのは、遊ぶことを考えなければ、田舎暮らしが一番ですね。日本中どこで診察しようが、報酬は法律で決まっていますし、今はネットのおかげで、大学病院とリアルタイムで交信できますから、難しい症例を見つけた場合も安心です」

榎本は診療所の説明を聞きながら、周囲の様子を窺った。

「しかし、この地で設備を整えるのは、相当な費用がかかったのではないですか」

「いえいえ」直之は静かに笑った。

「銀座のクリニックを売り払いましたからね。僻地医療になりますから補助金もいただきました。ここでのんびり暮らしながら、島民の役に立てれば嬉しいですよ」

そう言う直之の表情には一抹の寂しさが付きまとっているのだった。

「ところで亜矢子さんの日記ですが」

榎本は早速本題に入ることにした。

「次女の日記は家内が保管していました。家内から今更事件のことを思い出したくないと言われ、一度は捜査協力をお断りしましたね。ですが光一が、ぜひ協力してあげてほしいと私たちに言うんです。それで家内も決心しました」

直之は居間のタンスの引き出しから何冊かの日記帳を取り出した。

「家内は目を通していますが、じつは私は読んでいません。親父になど見られたくないだろうと思いましてね」

　直之はノートにそっと手を添えてから、おもむろに合掌した。

「一番古い日記は十代のころ、新しいものは亡くなる少し前までのものだそうです」

　榎本は軽く頭を下げて、

「この日記帳を明朝までお借りしてもよろしいでしょうか」と尋ねる。

　直之は寂しい気持ちを穏やかな微笑みで隠すように頷いた。

「日記の重要な部分を写真撮影しても問題ないでしょうか」

　そう泉澤が付け足すと、直之は少し驚いたような顔をしたが再び頷いた。

　二人はタクシーを呼び、宿泊先のホテルに向かった。


　ホテルにチェックインして部屋に入ると、バルコニーから東シナ海が一望できた。

「最高ですね。こういうところは、のんびりと休暇で来たいものです」

　泉澤の言葉に榎本は無言で頷き、

「男二人で泊まるには、もったいない部屋だな」

と苦笑混じりに言いながら恋人の菜々子を思い出していた。意外なことに、二人で沖縄に来たことはまだなかった。本島もいいが、こんな静かな離島のホテルでゆっくり過ごす休日もよさそうだ。

　しばらく風に当たっていた泉澤が、部屋に戻ってくるなりアタッシュケースから日記帳とデジタルカメラを取り出した。

　榎本は一番古いノートを手にとりページをめくってみる。紙面は几帳面な小さな文字で埋め尽くされており、榎本は思わず見入ってしまった。日付を見るに、亜矢子はほぼ毎日書き込んでいたようだ。ペン字は丁寧で、文章もしっかりしていると感じる。今時、若い女性ならブログやSNSを使いそうなものだが、古風ともいえる日記帳を使い続けていたとは珍しい。文字を綴ったり、ペンを走らせたり、紙に触れるのが好きな女性だったのだろうか。

「久美子が初めに三木谷に襲われた辺りから始めよう」

　泉澤が口元を引き締めた。

〈決して私は犯人を許さないと誓う。久美子姉の身に起きたことを想像すると、怒りで体が震えだす。胃の中から何かがこみ上げてきて、今日は何も食べられなかった〉

亜矢子は久美子が受けた被害を犯行翌日に知ったようだった。

「姉を想う言葉はその後二日間続きますが……」

泉澤はページを行ったり来たりしながら、

「その後は、全然出てきませんね」

と首をひねる。榎本にはそれが同性ならではの気遣いに思えた。

「久美子の恋人だった古屋に関する記述をみてみよう」

今度は榎本が手帳をめくっていく。これがデジタルデータならすぐに検索を掛けられるが、今は地道に単語を拾って付箋を張っていくしかない。

榎本はいくつかのページに付箋を張り終えると言った。

「古屋はできた男だな。久美子がレイプ被害に遭ったと知った後も、久美子を気遣い慰め、落ち込む亜矢子にも優しく接していたようだ。普通の若い男なら腰が引けてしまうと思うが」

「久美子が二回目に被害に遭ったときはどうでしたか」

榎本は該当箇所を示した。

〈なぜこんな残酷なことが重なるのかわからない。姉に隙があったと世間は考えるかもしれない。皆が白い目で見ても、私は絶対に姉の味方だ。古屋さんは受けたシ

ョックを見せないようにしながら、両親や私を気遣ってくれる。姉の唯一の救いは古屋さんがいてくれることだと思う〉

泉澤が苦い顔をしながら、舌打ちをした。被害者の家族や恋人の心情は察して余りある。こんなことがあっていいのか——警察官になって以来、自分は何度この言葉を心の中で叫んだだろう。普通の人々が思っているより、ずっと辛く悲しい人生を生きている者がいる。その現実を警察官はよく知っている。

「そして姉の自殺、ですか」

泉澤に日記を渡して、そのページを探すように促した。

〈姉を追い詰めた人たちには、死で償ってほしい。それ以外の方法で姉に償う方法はないと思う。私は姉の死から一生解放されないだろう〉

「そういう気持ちになるのは分かるね」

口を噤(つぐ)んでいられず、榎本が思わずしんみりと呟く。

「係長、梨田の名前が出てきました」

〈今日は姉の四十九日の法要と納骨式があった。古屋さんが梨田賢一郎さんという友人を連れてきた。梨田さんは警察官で、姉とも面識があったそうだ。警察官なら事件のことを詳しく知っているかもしれない。私の力になって欲しい〉

「梨田は常盤姉妹と交流があったんだね」

そう榎本が言うと、泉澤が梨田の人事記録を確認して言った。

「久美子の自殺当日、梨田は関東管区警察学校の初級幹部科教養中だったようです」

警察学校で学んでいる若い警察官が、最も強い正義感を抱くものだ。榎本にもその覚えがある。梨田の心には久美子の自死が深く刻み込まれたに違いない。

「真面目ゆえに大いに傷ついただろうね」

「その後、梨田は池上警察署に昇任配置したことを、古屋経由で亜矢子に連絡しています」

いくつかのページで亜矢子は梨田について言及していた。梨田も古屋と同様、亜矢子を気遣っていたようだ。

ページが進むに連れて、亜矢子の精神が不安定になり、苦しみが深まっていく様子が感じ取れた。

「ほんと辛いですね」

「日記をつけて吐き出すことで、少しは気持ちが楽になったのだろう。よく頑張って書き続けたと思うよ」

ふと榎本は日記から顔を背けた。開け放たれた窓から強い西陽が差し込んでいた。榎本は外の方を向いて首を伸ばした。

「きれいな日没だな。明日になれば、日はまた昇るわけだ」

当たり前のことを言ったつもりだったが、

「明けない夜はない、止まない雨はないと言いますけど、どうでしょうかね」

と泉澤はどこか感傷的に言った。

「誰でも一つや二つ、消えない心の傷を持っていると思う。僕だってそうだけど、それはあくまでも自分が招いたことだと思って、今では納得している。しかし彼女はそうじゃないからね」

ええ、と泉澤も深くゆっくりと口から息を吐き出した。

「この辺りを読むと、必死になって立ち直ろうとするほど、亜矢子は心のバランスを失っていくようですね」

〈気持ちが昂(たかぶ)っている時に限って梨田さんから連絡が来る。薬に頼らない方がいいと言われるけれど、自分の苦しみは誰にもわからない。私だって薬に逃げているわけではないのに。何の役にも立たない正論など聞きたくない！〉

「ここが入院直前ですね」

そこには亜矢子が体を振り絞るようにして書いた文章が並んでいた。端正だった文字にも乱れが出てきていた。

「係長、この部分を読んでください」

泉澤が指差した。

〈梨田さんが必ず仇を取ってやると言ってくれた。警察官ならできるかもしれない。梨田さんは検事である自分の親父も、仇の一人だと言った。私はそれを聞いて嬉しかった。犯人を野放しにしたのは、酷い裁判のせいだから〉

「もしかしたら梨田は、この日に警察人生を閉じる覚悟を決めたのかもしれない。同時に自分の人生もだ。なんて生真面目で馬鹿で純粋な奴なんだ」

泉澤はかぶりを振ると、日記の重要な部分を写真撮影し、データをPフォン経由で監察デスクに送った。

「もしもし、榎本だ」

突如ポケットの携帯電話が鳴りだしたので、榎本は立ち上がって泉澤に背を向けた。電話は津田からだった。

「三木谷が射殺された日の、常盤光一の足取りが分かりました」

「やはりレンタカーで京浜島へ行っていたか。そこで何をしていたんだ」

榎本は津田の次の言葉を期待しながら目を静かに細めた。

「常盤光一が勤めるメーカーの取引先の工場が京浜島近くにあります。そこへ出入りしたことが、内部の者への聞き取りではっきりしました」

津田はその工場で製造されている部品が、世界の名だたる精密機械メーカーに納品されていることを付け足した。

「仕事なのにわざわざ車を借りたのか」

「工場を出たのち、港区の湾岸地区まで車を走らせています。夜八時ごろ、女性と落ち合っていますね」

その後見晴らしの良いスペインバルで食事を取ったという。津田は、二人がどんなメニューを頼み、何を飲んだかまで突き止めていた。

「なんだ、仕事帰りのデートか。そういうことなら光一はシロだな」

榎本は鼻に皺を寄せた。捜査に協力してくれた常盤光一に疑念を持ったことを心の中で詫(わ)びつつ、これが警察の悲しい性だと自分をなぐさめる。

「梨田の単独犯行ということですね」

振り返ると泉澤が言った。

「事件の輪郭がだいぶはっきりしてきた。さて、次は梨田の親父だ。泉澤、一人で行くか？」

　すると泉澤は俯いて頭を掻いた。

「僕は検事という人種がどうも苦手でして。公総にいたとき、ある男を逮捕し、即日地検に送ったのですが、取り調べ中に男にアリバイがあることが分かりまして」

「検パイになったんだな」

「はい。そのときの検事の態度が異様に高飛車だったんです。初めはその男を犯罪者扱いし、無実と分かった途端、公安の調べが悪いだの杜撰（ずさん）だったのと、こっぴどく公安批判をやられました」

　泉澤が頭を下げながら余りにもきまり悪そうに言うので、榎本は笑った。

「分かった。高検には僕が行くよ」


　翌日の午後、榎本は東京高検刑事部を訪れていた。

　検事の梨田和雄は硬い表情で榎本を副部長室に迎え入れた。

「息子が迷惑をおかけして申し訳ない」

　榎本と目も合わせずに梨田和雄は言った。詫びてはいても、その言葉には何の気持ちもこもっていないようだ。

「梨田検事とご子息はこれまでどんな関係でしたか」

「もうずっと会っていなかった。長らく口もきいていない」

堅物の検事は腕組みをして視線を部屋の片隅に投げかけている。

「そういうご関係になったのはいつ頃からですか」

「もう三年になるかな」

「そうなった理由について、何かお心当たりは」

「私の仕事が気に入らなかったようだ」

梨田和雄は憮然(ぶぜん)とした様子で榎本に言った。

「具体的にはどんなことでしょう」

「あんた、どうせ調べてきているんでしょう」

顔に明らかな敵意を浮かべている。

「強制猥褻事件ですね」

「そうだ」

「なぜ、あなたがあのような判断を下したのか、ご子息に説明はされたのですか」

「どうしてその必要がある」

和雄はうんざりとした表情で口元を歪めた。

「検事が起訴した犯人の関係者が、後にまた強制猥褻事件を起こしたわけです。被害を受けた女性はご子息と知り合いで、二度目の事件のあと、自ら命を断っています。この件でご子息から抗議を受けたのではないですか」

榎本は冷静に詰め寄った。

「司法に個人的な感情を持ち込んではならない。あの事件はあんたらも起訴できて、とりあえず体面を保てただろう。なにしろ警察の不手際で、保全処分を喰らっていたんだからな」

口端に皮肉な笑みを浮かべながら和雄は言った。

「ご子息が自殺されたことについて、どうお感じですか」

「悲しみを通り越して情けない限りだ」

そう言い放つと和雄は顔をしかめて視線を逸らした。しばらく二人は黙っていたが、ゆっくりと息を吸い込んで口を開いたのは榎本だった。

「検事、落ち付いてお聞きください。ご子息は自殺する前に、ある男を射殺しています。ご子息が殺害したのは、かつて検事が起訴した強制猥褻犯の三木谷義紀です」

和雄は目を大きく見開いた。瞳がたよりなく右に左に彷徨（さまよ）う。

「なんということを……あいつは異常者か」

榎本はその言葉に父と子を分断する溝の深さを感じ、ずきりと胸が痛んだ。犯罪者となった梨田賢一郎を庇うことはできないが、父親が息子に対してかける言葉ではないだろう。

「ご子息は何に苦しんでいたと思いますか」

努めて声のトーンを変えずに榎本は尋ねた。

「だから、私情を交えることを一切許されないのが私の仕事だと言っているだろう」

和雄は膝に手を置いてうなだれながら、怒りと悲しみが入り交じった声で続けた。

「今は、やむを得ないとしか言いようがない。自分の子供が自ら命を絶って辛くない親はいない。しかしそれは我々親子の宿命だったと受けとめたい。賢一郎も、いつかはまともに育ってくれると思ったのだが」

そう言って顔を上げた和雄は、苦渋に満ちた父親の表情をしていた。

榎本は参考人供述調書を手短に作成して署名と指印を得たが、その時和雄が名刺を眺めながら尋ねた。

「あんたはどうして捜査官の道を選ばなかった」

榎本は検事の目を見据える。

「私の処遇は組織が決めたことで、自分で選んだものではありません。この道に進んだ限り、それはどうしようもないことです」

「『この道』か……。警察官はその歌が好きだな。警察学校を卒業する時、皆が涙をこぼしながら歌うんだろう」

警視庁警察学校の卒業式では、最後の点呼が行われた後、卒業生は声を張り上げて「この道」を歌わなければいけない。しかし皆涙がこみ上げてきてうまく歌えないのだ。榎本もまたそうだった。厳しく恐ろしかった鬼教官たちでさえ、この時ばかりは目を赤く潤ませた。

あの涙を忘れさえしなければ、警察官が非行に走ることは決してないだろう。榎本は監察業務を続けながら、事あるごとにあの日の光景を鮮明に思い出していた。

＊

梨田が自殺してからちょうど十日後、警視総監の小池宛てに送信期日を指定した一通のメールが届いた。送信者は梨田賢一郎である。

小池はプリントアウトした文面を部長会議で回覧したあと、破り捨てようとしたが、思いとどまって警務部長に手渡した。

「三浦、ヒトイチに回せ」


このたびは、多大なるご迷惑をおかけしたことを深くお詫び致します。

私は警察官として様々な事件に接し、人がどのように犯罪者へ転落するのか、その経緯を自分なりに考えて参りました。中には少数ながら、その出生や生い立ちから、やむをえず犯罪に手を染めてしまう者がおり、その者たちには一抹の同情を覚えました。しかし、多くの犯罪者は、身勝手極まりない理由で何の罪もない人々に一生癒えない傷を与えます。しかも彼らは、数年塀の向こうで過ごせばまた陽の光を浴び、再び卑劣な犯行に及ぶことが可能です。この世の中には、彼らのような決して許されざる者が存在することは確かです。

私の知人の婚約者は非道な犯罪者たちによって二度も苦しみの極限を味わわされ、ついに自死しました。私が蒲田署の事件の応援に入ったとき、天の配剤で私はその犯罪者の一人と再び相見えることになりました。そして、この機会を逸しては、亡くなった女性と彼女の自死を受けて衰弱死した妹、この姉妹に申し訳が立たないと思うに至りました。

司法は絶対の真理を決する場ではありません。なぜならば検事や裁判官もまた人であり、判断を誤るからです。もちろん警察官であるからには、法治国家の原則を守り、司法の判断を尊重いたしますが、人は一個人としてどうにも承服できないことがあれば、自らを投げ出しすべてを投げ打つことで、そこに異を唱えることができるのです。

私は今回、自らの生命を懸けて、非道な犯罪者に裁きを与えることを決心しました。誰の手も煩わせず、自らの責任の範囲内ですべてを決行しました。加害者に変貌することは警察官として身悶えするほど苦しいことでしたが、同時に警察官だからこそこのような裁きを下せるのだと今では思っています。

私が自分の死に場所として所轄を選んだのは、できる限り一般社会に迷惑を広げたくなかったからです。犯罪者として死んだ自分を発見するのに、手間をおかけしたくありませんでした。

将来の被害者を一人でも救うことができたと自負しております。

衷心よりお詫び申し上げます。

＊

日曜の夜、菜々子の家で榎本は料理の腕を振るった。榎本は洋食を作るのが得意で、今晩のメインは牡蠣(かき)のスープグラタンである。

「警察官が犯人を射殺して、その後自殺したんだってね」

菜々子が興味深そうに尋ねてきた。ニュースか何かで知ったのだろう。

「やってはいけないことだ」

熱々のココットに入ったクリームスープを榎本はそっと掬(すく)う。大きな牡蠣は瑞々(みずみず)しく、ほのかな苦みもあって抜群に美味かった。

「でもその犯人、性犯罪の再犯歴があったんでしょう。女性としては自殺した警察官に共鳴するところもあるな」

榎本は旺盛に咀嚼(そしゃく)しながら、何度か軽く頷いた。今日はまた特に上手(うま)く作れたものだ。すると菜々子が食べる手を止めて、榎本の目を覗き込んだ。

「もし、私が性犯罪の被害者になって、犯人が捕まったら博史さんはどうする」

「はらわたが煮えたぎるだろうが、最終的に犯人の処罰は法に任せるしかないだろう」

榎本は豪快に盛られたサラダボウルに手を伸ばす。

「博史さんは何もしてくれないの」

しんみりした声で言うので、榎本は思わず菜々子の顔を見た。菜々子は恋人を試すように唇を尖（とが）らせている。

「いや、そうだな。警察を辞めて、そいつの息の根を止めてやる」

榎本がボウルを置き、大きな手で斜め隣に座る菜々子の細い首元を摑んで揺すった。菜々子がくすぐったそうに笑う。

「そうだよね！　その時は必ず毎日刑務所へ面会に行ってあげるからね。差し入れは何がいい？　面会時間は何分あるのかな」

妙に詳しく聞く菜々子に、榎本はあわてて首を振った。

# 第二章　痴漢警部補の沈黙

　ＪＲ埼京線の快速は首都圏内でも有数の混雑路線である。午前七時半を過ぎた時間帯、東京と埼玉の都県境駅である赤羽駅を出た上り電車は、すし詰め状態のまま池袋駅まで約十分間走り続ける。

「やめて下さい……この人痴漢です」

　セーラー服姿の女の子が中年のスーツ姿の男の袖部分を握って言った。

「なに、痴漢？」

　車中の視線が二人に集中した。

「違う、違う！　俺は何もしていない。間違いだ」

　中年男は必死に抗弁するが、乗車客の眼差しは犯罪者に向けられる憎悪の目に変わっていく。二人に背を向けていた若いサラリーマン風の男が中年男に向き直って言った。

「とんでもない野郎だ。おい、池袋で降りろよ。警察に突き出してやる」

「逃げも隠れもしない。俺は何もやっていないんだ」

弁解の声は明らかにうわずっていた。中年男が、幼気な少女に破廉恥な行為をしていたことを乗客たちは確信した。

電車が池袋駅の一番線ホームに滑り込むと、乗客の視線は痴漢の疑いが持たれる中年男付近に注がれていた。開扉の車内アナウンスが告げられると、二人のいる扉周辺の乗客は不思議な連帯感が生まれたように、扉近くにいる若いサラリーマン風の男の指示に従った。

「押すなよ」

扉が開いた。他の扉付近の客が不快な圧迫から解放されて堰を切って押し出されているのに比べ、その扉の客は静かに順番にホームに降りると、花道を作って少女と中年男を囲んだ。最初に降りた客が、近くにいた混雑整理要員に声をかける。

「痴漢だ。駅員を呼んでくれ」

中年男は両腕をガッチリ押さえられていた。

「何をするんだ。離せ。逃げも隠れもしないと言っているだろう」

必死で手を振り払おうとするが、二人の若いサラリーマン風の男は、久々に手にした獲物を絶対に逃がすまいとするハゲタカのように、きつく中年男の腕とスーツの袖を握りしめていた。やがて駅員が二人、駆け足でやってきた。

中年男は泣きそうな顔になりながら「間違いだ。俺は何もしていない」と繰り返していた。

駅員の前に突き出された男のズボンのファスナーが開いている。

「この野郎、やっぱり痴漢だ」

前に立ちはだかった男がその部分を指差しながら言って、即座にスマートフォンでその状況を写真撮影した。

「とりあえず、事務所に行こうか」

駅員に促されて、中年男はゆっくりと歩き始めた。階段まであと数メートルのところに来た時、一瞬の隙があったのだろう、中年男は満を持していたかのように、駅員から自分のカバンをひったくって、一目散に階段を駆け下り始めた。

周囲の者が呆気に取られている中、若いサラリーマン風の男二人が猛然と後を追った。階段を降りた時、中年男と追っ手の距離は十メートル近かった。

「そいつを捕まえてくれ。痴漢だ。そいつは痴漢だ」

逃走中の中年男は何かに躓(つまず)いたのか、もんどりうってその場に転がった。

若いサラリーマン風の男二人が中年男の両腕を再び左右から押さえつけた。

警視庁鉄道警察隊池袋分駐所では、当番明けの警察官がこの朝三人目の痴漢容疑者を蔑んだような目で出迎えた。これで帰庁時間は午後一時を過ぎることがほぼ確定となる。それでも駅員と逮捕者には慇懃に頭を下げ、逮捕手続への協力に対して礼を言った。

警視庁鉄道警察隊、略して鉄警隊の係長の脇山警部は連れてこられた男を一目見て、見覚えある顔であることに気付いた。常習犯……有名人……記憶を辿るが思い出すことができなかった。

「沓掛主任、今の男の人定をすぐに取ってくれ。ところで認めてるの？」

「否認しています。名前は黙秘です」

「そうか……どこかで見たことがあるんだよな。所持品から何か出てこないの？」

「今、所持品検査を始めたところです」

「何かわかったらすぐに連絡頂戴」

鉄警隊は警視庁地域部に属する執行隊である。鉄道警察とはいっても、直接関与するのはＪＲ各線であり、その他の私鉄は駅を管轄する警察署が担当することになっている。ただし、連続痴漢事件や集団スリ事件の捜査の際には生活安全部生活安全総務課生活安全対策第二係、刑事部捜査三課特殊捜査班と共同して捜査臨場することもある。鉄警隊の分駐所は主要駅の構内に置かれている。

「係長、あの男、これです」

沓掛主任が右手の親指と人差し指で丸を作り、自分の額の前にかざした。

「警察か……やはりどこかで見たことがあると思った。それで、うち？」

沓掛主任が取った動作は、制帽の旭日章を意味する警察内部の符丁だった。

「はい。捜査一課の警部補で五十七歳です」

「もう少しで上がりなのに……否認し続けられるかな？」

「相当震えていますから、落ちるのは早いと思います」

「落ちたら速報して。警察官は落ちるの、早いからね」

警察官による不祥事は後を絶たないが、殺人等の凶悪犯や横領等の知能犯であっても、逮捕された際に最後までシラを切る者は意外にもほとんどいない。むしろ、一般の容疑者よりも落ちるのが早く、「早打ちマック」をもじって「早落ちマッポ」と内部で揶揄（やゆ）されている。

五分後、沓掛主任が調べ室の扉を開けて脇山係長に対して右手の親指を下に下げる動作を見せた。

脇山係長は沓掛主任のパソコンを確認しながら鉄警隊の庶務席がある東京駅構内の東京分駐所に電話を入れた。

「池袋の脇山です。当庁職員による痴漢行為で身柄を捕っています」

「マル被当事者の人定をお願いします」

「所属は刑事部捜査第一課、階級は警部補　氏名大槻秀夫　大阪のお、大阪のお、鶴亀のつ、切手のき、飛行機のひ、手紙のて濁点、大阪のお。五十七歳です」

鉄警隊池袋分駐所ではこの日三人目の逮捕事案だっただけに、部屋中があわただしく動いていた。

「悪いけど、三件目を最優先でやってもらえるか。マル被がマル警だからな」

あわただしかった部屋が一瞬静まり返った。課員の顔に憤懣やるかたない顔があった。

「ところでさ、あんた、出来心……って執拗に言ってるけど、出来心であそこまでのこと、なかなかできないぜ。本当のことを言ってみたらどうなんだ?」

大槻容疑者は電車内で自分の陰部を露出し、これを少女に無理やり触らせるという非道を行っていたのだった。

「いや、今日が初めてです」

そう答える大槻容疑者だったが、明らかに狼狽していることが取調官に伝わっていた。

「ふーん。今さ、埼京線の車内には防犯カメラが付いているんだよね。それに、今日と同様の被害を訴えている少女が何人かいてさ……その画像の中に、もし一度でもあんたが写っていたら、迷惑防止条例じゃなくて刑法を適用することになるからな」

痴漢犯罪は、通常「迷惑防止条例第五条一項」を適用して取り締まるが、犯行がエスカレートした場合には、刑法の「強制猥褻」を適用することがある。この迷惑防止条例の正式名称は「公衆に著しく迷惑をかける暴力的不良行為等の防止に関する条例」で、全ての都道府県で施行されており、親告罪でないため、被害者の告訴がなくても公訴を提起することができる。罰則は六ヵ月以下の懲役または五十万円以下の罰金で、常習の場合、一年以下の懲役または百万円以下の罰金となっている。他方、刑法の強制猥褻が適用されると、罰則はさらに重く、六ヵ月以上十年以下の懲役となる。

大槻容疑者の顔がこわばった。取調官はもう一度言った。

「そうでないならないでいいが、もし後から別件がわかって再逮捕なんてことになったら、あんた、間違いなく七、八年は喰らうから、そのつもりでいなよ」

大槻容疑者は答えることなくジッと俯いた。

「捜査一課庶務担当係長席です。鉄警隊池袋分駐当直担当係長でいらっしゃいますか？」

庶務係ならではの丁寧な応対だった。そして、この時間に鉄警隊係長から庶務担当に入る電話というのは、庶務担当係員ならばその用件を敏感に察知することができた。

「池袋分駐一係長の脇山と申します。貴課に在籍する大槻秀夫警部補に関してご連絡したいことがございましたので一報差し上げました。迷惑防止条例違反で現行犯逮捕しておりますが、強制猥褻に訴因変更する可能性が大です」

「すぐに向かいます。監察にはそちらからご連絡いただけるのでしょうか？」

「この電話を切り次第、弁録と本件調書を送付する予定です」

弁録とは刑事訴訟法第三百二十一条・三百二十二条に定められた捜査書類の一種

で、被疑者が逮捕された際に最初に取られる書類である。この中身は被疑者の人定に続いて、犯罪事実、共犯者の有無、弁護士選任の意思等が記載される。供述調書とは性質が異なるため黙秘権の行使に関する告知はなされない。

「本人は否認ですか？」

「迷惑防止条例に関しては認めておりますが、余罪については黙秘です」

「余罪……それも否認ではなく黙秘ですか……」

捜一の寺岡係長は声を噛みしめている様子だった。

電話を切るとけいしＷＡＮで監察係に対して必要書類を送った。鉄警隊としては実に迅速な処理だった。二人の共同逮捕者が悠然と池袋分駐所を後にしたのは逮捕から七十五分後だった。

一部の報道等で「企業や団体から逮捕者が出た……」など、逮捕された被疑者を「逮捕者」と称しているものがあるが、これは誤りである。

逮捕者とはあくまでも、犯人を逮捕した者のことであり、逮捕された者はその段階から被疑者の身分になる。

午前八時半過ぎ、人事第一課監察係に電話が入った。当直明けの庶務担当・野村主任が電話を取る。

「鉄警隊池袋分駐所当直担当係長の脇山です。当庁職員による非行事案が発生したので連絡します」

「了解。本人の自供はありますね」

「そのとおり。認めております」

「弁録と逮捕手続書が上がった段階でこちらに送って下さい」

「一般人による現行犯逮捕ですので少し時間が掛かると思います」

「それでは、弁録と捜査報告書だけで結構です。午前九時半には警務部参事官宛てに報告を行わなければなりませんので、よろしくお願いいたします」

野村主任がデスクに座ったまま榎本に向かって言った。

「榎本係長、鉄警隊池袋分駐から、職員の逮捕事案が届いています」

「喧嘩？　痴漢？」

「後の方です」

「糞野郎が……」

いつも冷静な榎本にしては珍しく毒づくように言い放って訊ねた。

「所属は？」

「捜一です」

「捜査一課の皆々様もこれでしばらく謹慎だな……マル被の歳は？」

所轄では本部からの応援派遣について「本部の方々」と言うが捜査一課については「捜査一課の皆々様」と格上の表現をすることが多い。

「五十七歳。警部補です」

「犯罪多発世代か……」

榎本は憮然と言った。犯罪に手を染める警察官は、ある程度の年齢層に絞られる特徴がある。中でも特に顕著なのが三十歳手前と退職前数年の世代である。前者は採用ミスとも言われ、性犯罪やこれに付随した窃盗等が多く、後者は横領、窃盗、詐欺等の金銭にまつわる犯罪が多いのだ。野村主任が嘆く。

「この年になって痴漢っていうのも情けない話ですね。それも本部の警部補ですよ」

「熟年離婚の一歩手前って奴じゃないのかな。家庭内はすでに崩壊していて、家の中に帰る場所がない奴が、この手の犯罪に手を染めてしまうんだ。きっとそいつにも娘がいるはずだよ」

榎本が言うと、容疑者の人事記録をプリントアウトしていた野村主任が答えた。

「娘ですか……ああ、確かにいますね。二十三歳ですがまだ親と同居しているようですね。どうしてわかるんですか?」

「これまでの経験だな。娘を持つ父親は息子以上に娘には気を遣うからな。いい親を演じようとする感覚が精神のねじれを引き起こすんだ」

榎本は宿直明けの主任と話しながら、送られてきたデータを分析してA4用紙一枚にまとめていた。九時ちょうどから始める課長決裁に回すためだった。

人事記録を手にしていた野村主任がこれを榎本に差し出しながらポツリと言った。

「参事官は激怒でしょうね」

「仕方ないな。課長にも同世代のお嬢さんがいらっしゃるからな。それにしても、最低の野郎だな」

「捜一の担当の管理官、係長も引責でしょうか?」

「仕方ないだろう。これは絶対に出来心なんかじゃない。常習犯だろうからな。個癖を見抜くことができなかったとなると管理責任は逃れられないだろう」

榎本は報告用のメモを作成して監察官に報告すると、監察官は冷静さを欠いたかのように一声あげた。

「こんな奴はクビだ」

午前九時三十分、警務部参事官室には捜査一課長、刑事部理事官、捜査一課庶務担当管理官が顔を揃えていた。

「捜査一課の十年選手だったようですね」

兼光将弘警務部参事官が無表情に言うと、捜査一課長が額の汗を拭きながら答えた。

「放火犯捜査では余人に代えがたい存在でした」

「仕事の面ばかり見ていたんじゃないですか」

「汗顔の至りです」

同じ警視庁本部の課長で、警務部参事官兼人事第一課長の兼光、片やノンキャリの星とも言われる捜査第一課長の沼田健二（けんじ）だったが、年齢はひと回り以上違っていた。

「家庭訪問はしていたのですか？」

「着任当時は一回実施しておりましたが、その後は……」

「余人に代えがたいのなら、私生活も確認しておくのは普通じゃないんですか」

年長の捜査一課長も返す言葉がなかった。原則的には兼光の言うとおりなのだ。しかし、殺人的なスケジュールに追われている捜査一課では、各級幹部が直属の係員の家庭訪問を実施するほどの時間をつくるのは困難を極めていた。

家庭訪問。現在でも公立小学校では担任が児童の家庭を回り、生活状況、躾の軽重などを親と面談しながら把握している。しかし、私立の小学校や中学校以上では行われていないのが実情だろう。それが社会人で行われているのが警視庁なのだ。

これは度重なる警察官の不祥事に対して、警察官個人の実態把握をするために始まった、究極の処方だった。妻や子供と面談し生活態度や分相応の暮らしをしているのか……等を判断するのだが、ここで問題となるのが若くして幹部になった者の悲哀だった。自分の父親よりも年長の家庭に上司として乗り込んでいかなければならない。所轄では二十四歳の巡査部長が五十五歳の班長の家に行くことが往々にしてある。若造になにがわかるか……それでも幹部になった以上はこれを遂行する必要がある。二十六歳で警部補になると七、八人の巡査部長が部下に入る。三十三歳で警部として本部勤務をすると二十人近い警部補が部下になるのだ。

「人事管理、業務管理とも万全を期したつもりでしたが、見落としがあったことにつきましては猛烈に反省しております」

捜一課長の言葉を聞き流すかのような姿勢で兼光が厳しく言った。

「再発防止策を早急に挙げておいて下さい。私はこれから記者会見に臨まなければなりませんから、言うべきことは言いますが、一人の非行が警視庁のみならず、全国二十五万人の警察官の足を引っ張ってしまうということを、改めて課員に徹底しておいて下さい」

「ただ今から兼光警務部参事官によります定例会見を実施致します」

庶務担当管理官の司会で定例記者会見が始まった。記者会見に出席できる警視庁在庁の報道機関はほとんど顔を揃えていた。在庁報道機関は、警視庁七社会、警視庁記者クラブ、警視庁ニュース記者会、プレスクラブの四つのクラブが本部庁舎九階に部屋を持ち、それぞれのクラブの常駐加盟社が記者を置き取材活動を行っている。

警視庁の広報担当責任者である警務部参事官は日頃からマスコミ関係者とは良好な関係を築いてはいたが、こと警察官の不祥事案に際しては常に厳しい質問を受けることになる。

「初めに、ご報告とお詫びを申し上げます。当庁地域部鉄道警察隊は本日午前七時四十五分、ＪＲ埼京線内において十五歳の女子高校生に対してみだらな行為に及んだ、警視庁刑事部捜査第一課警部補、大槻秀夫五十七歳を、東京都『公衆に著しく迷惑をかける暴力的不良行為等の防止に関する条例』違反容疑で現行犯逮捕致しました。被疑者は犯行を認めており、裁判所の判断を待って厳正な措置をとる予定です。都民、国民の皆様に多大なる心配とご迷惑をお掛け致しましたことに心よりお詫び申し上げます」

参事官が深く頭を下げた。シャッター音が鳴り響き、同時にストロボの閃光でその場に居合わせた者の目がくらむようだった。会見場が一気にざわついた。すぐに質問が飛んだ。

「最近、警察官の不祥事が全国的に増えているように思われますが、その原因はどこにあるとお考えですか？」

参事官はメモをみることなく応じる。

「一般論についての言及は伏せたいと思いますが、今回のような破廉恥罪に関しましては個人の資質の問題と考えております。ある日突然にこのような行為に及ぶとは考えにくい事案です。これを組織としてこれまで見逃していたことに忸怩（じくじ）たる思いがあります。今後は職員全員の誤った個癖等を見逃さないような人事管理に努めて参りたいと思います」

「具体的な方策はあるのですか？」

「兆しの発見です。兆し……つまり兆候ですね。こういう癖がある者について周囲にいた警察官であれば誰かが察知していたのではないかと思います。その些細な兆候を探知した段階で矯正できるものか否かの判断を迅速に行う必要に迫られていると思います」

「これでまた忙しくなるな」

監察官が会見をモニターで見ながら榎本に言った。

「各所属の警務係から実施報告書が届くことになるでしょうが、それよりも当課と人事二課の受付窓口は忙殺されますね」

「業務の内容は監察でも、取りまとめは制度調査でやってもらうしかないだろうな。それにしても参事官は思い切ったことをおっしゃったものだ」

この事件はテレビではニュース速報と昼のワイドショー、新聞では夕刊で大きく報道された。

翌朝、榎本は早めに出勤した。

「今回、マスコミ各社は随分強気だな」

「ニュースネタがなかったんでしょうね。この新聞なんか三面の八分の一を割いていますよ」

朝のワイドショーではトップでこの事件が報道されていた。すでに罪名が迷惑防止条例違反から強制猥褻に切り替わっており、本人が担当した放火事件や容疑者の自宅が映され、自宅近所の聞き込みまでが報道されていた。

「まさに晒し者だな」

野村主任が応じる。

「憎むべき犯罪ですからね。こういう事件が起こると、第一線は本当に迷惑するんですよね。特に女子高校の通学路にある交番の勤務員に対する目つきが変わるんですよ」

「信頼を裏切ったのだからやむを得ないな」

榎本が朝のワイドショーを眺めながら決裁書類を確認しているところに電話が入った。鉄警隊東京分駐所からだった。

「鉄警隊東京分駐所当直係長の橋爪と申します。当庁職員の逮捕事案が発生致しましたのでご報告致します」

榎本は大きく深呼吸して電話を受けた。

「事案の概要、容疑者の所属と人定をお願いします」

「迷惑防止条例違反、組対四課、警部補、高橋義邦、五十一歳です」

「罪状認否は如何ですか？」

「それが黙秘です」

「黙秘？　否認ではないのですね」

「これが、我々としても初めてのケースなものですから報告に時間を要してしまいました」

「官職氏名は名乗ったのですか？」

「そこまでは言ったのですが、事件に関しては完全に黙秘なのです」

鉄警隊の橋爪係長も歯切れが悪い。

「何か理由があるのでしょうか？　被害者は？」

「私立の高校二年生です」

「逮捕者は？」

「被害者の友人で大学一年生です」

「電車の車内ですよね」

「そうです。総武線快速の新日本橋と東京間で現行犯逮捕されています」

この上り区間も埼京線同様、通勤ラッシュは激しい。

「逮捕者は被害者と一緒に乗っていたのですね」

「そうなんです。女子高校生とはいえ、カップルの片方に痴漢をするというのも妙なんですが……ちょっと腑に落ちないところもあって……」

「組対四課には連絡済みですね？」

「監察に報告前に連絡しております」

「取り急ぎ、弁録と参考人供述調書を送って下さい」

榎本は電話を切ると大きなため息をついた。

監察官が榎本に向かって言った。

「榎本係長、また痴漢？」

「はい。今度は組対四課です」

「組対四課か……課長は参事官に相当絞られるな……」

「キャリア同士ですからね……捜査一課長の時のようなわけには行かないでしょう」

「参事官報告、悪いけど榎本係長が行ってよ。参事官の顔色が変わる瞬間って本当に背中が凍る思いがするんだよ」

監察官は真面目な顔つきで榎本に言った。

榎本は人事第二課警部補担当係長に電話を入れた。

「監察の榎本です。次の者の人事記録と考課表をデータで送っていただけますか？」

「表の事件ですか？」

「痴漢です」

「続きますね……ご苦労様です」

間もなく、けいしWANで組対四課警部補高橋義邦のデータが届いた。

「捜査四課からの居座り昇任組か……」

勤務評定は五年前までは「A」という中の上の評価だったが、それから徐々に評価が下がり、この二年は「B下」評価になっていた。

「五年前に何かあったのか……」

人事記録の評価欄には「温厚、着実、指導能力あり」と記載されているものの、評価の低下は、その説得力を欠くものだった。「人事管理のミスなのか、業務管理のミスなのか……」榎本はもう一度過去十年間の勤務評定を見直していた。

午前九時、あらかじめ秘書官に連絡を入れておいた榎本は、真っ先に人事一課長室で報告を行った。

「また痴漢か……一体どうなっているんだ、警視庁警部補は……」

兼光警務部参事官兼人事第一課長の目つきが榎本の目を射るように光った。

「階級是正の歪みが出たものかと思われます」

兼光が榎本を睨んで言った。

「そんなことは今に始まったことじゃない。原因をすり替えるな」

「警視庁警部補とおっしゃいましたので、そのようにお答えしたまでです」

榎本は日本警察の階級制度に大きな疑問を持っていた。

「それは十五年も前に先人が決めたことだ。まだその制度に問題があるというのか？」

「間違った制度は改めればいいだけのことだと思います」

参事官兼人事第一課長にこれだけ言える警視庁警察官は榎本以外には見当たらない。兼光もそれを知っていて、あえて言わせようとしている様子だった。

「痴漢の原因が階級制度と言うのならば、どうすればいいと言うんだ？」

「それは論議のすり替えです。痴漢と警視庁警部補ではなく、自己管理と警部補のことを申し上げたのです」

兼光は自分を落ち着かせるかのように大きく深呼吸をして、やや穏やかな口調で言った。

「榎本係長、やはり階級是正は失敗だと思うかい？」

「警視庁に限って言えば、本来の組織形態を保っているのは機動隊だけです。機動隊が小隊長と分隊長と隊員の構成比率が同じだったら部隊は成立しません」

「確かに機動隊は軍隊と同じだからな」

「それが階級だと思います」

機動隊の編成は隊本部と中隊に分かれる。隊長の下に参謀格の隊本部があり、通常は実働部隊として四個中隊を率いている。指揮系統は隊長、副隊長、中隊長である。

一個中隊の下には四個小隊があり、一個小隊の下に三分隊がある。隊長、副隊長は警視、中隊長は警部、小隊長は警部補、分隊長が巡査部長である。一分隊には隊員が七人。

機動隊の一個大隊は隊長以下四個中隊であるから、完全編成の場合には小隊長は二十四人を指揮し、中隊長は百人を指揮し、隊長、副隊長は実働員だけで四百四人を指揮するピラミッド型になっている。

「確かに警察組織も昔はそうだった。しかし、今からその形に戻すことは不可能だろう」

兼光の言葉を榎本は聞くだけにしていた。

兼光は榎本の顔を眺めて、ため息をつきながら言った。

「さて、また記者会見だな」

「そうなるとは思いますが、今回はもう少し待ってもよいのではないかと思います」

「どういうことだ？」

「容疑者の人事記録を取り寄せたところ、事件を黙秘するような者ではないのです」

榎本は違和感を正直に伝えた。

「優秀な男なのか？」

「評価は極めて高い時期がありましたし。総監賞の受賞も二十件を超えています。夫人を五年前に亡くされ子供二人を一人で育てています。二人の子供は優秀で、長男は課長の大学の後輩、長女は医学部です」

兼光参事官は容疑者に関心を示したのか榎本に向き直った。

「ほう、ちょっと珍しい家族構成だな。それにしても極めて高い評価の時期があったというのは、今はそうでもない……ということなのか？」

「夫人が亡くなったことが勤務に響いているとなれば、本部に残しておく必要はありません。定期異動該当者として申請すべきです。しかし、組対四課はそれを行っていません」

「組対四課長を呼ぶか？」

「その前にこちらから庶務担当に確認致します。庶務もまだてんやわんやの状態ですから……」

「それにしてもな。五年間独身を通した寂しさが事件を引き起こした、とは考えられないのか？」

「人事記録を見る限り違和感を覚えます。否認するなら徹底的に否認すればいいだけのことですが、黙秘というのが気になります。鉄警隊もそういうニュアンスを持っているようです。また参考人供述調書を見ると、被害者と逮捕者の供述が妙に一致するんです」

兼光が被害者調書と逮捕者の参考人供述調書を見比べた。そのスピードは驚くほど速かった。

「何かひな形があってそれに沿って記載したんじゃないのか？」

「そう思われても仕方ないような調書なんです。しかし、鉄警隊がそんなことをするはずもないと思います」

「捜査の成り行きを待った方がいいと言うのだな」

「これまでのこちらの姿勢はマスコミも十分に理解してくれています。ただ、ネットで炎上する可能性もありますが」

「その時はその時だ。鉄警隊に生安総務課の専門官を送ろう」

榎本は一礼して参事官室を後にした。別室の秘書官が怪訝な顔をして訊ねた。

「榎本係長、参事官は前回と打って変わって随分静かでしたね。何かあったのですか？」

「僕が余計なことを言ったからだろう。今の件は今日の記者会見の話題にはならないと思うよ」

軽く手を挙げて榎本は自席に戻った。

デスクに着くと、榎本はふと公安部公安総務課係長の山下直義（やましたなおよし）に相談してみることにした。

「何かありましたか?」

電話の向こうで山下の明るい声が響いた。

「珍しく賑やかそうな雰囲気じゃないですか?」

「今、うちのデスクが警備局長賞の内示をもらったんですよ。まあ三年連続ではあるんですが、評価されるというのは嬉しいものですよ」

「警備局長賞となると全国でどのくらいの部署がもらえるんですか?」

「全国で二十件です。警視庁は二件でした」

「それを三年連続で受賞している部署というのも、もの凄いことですね」

榎本は山下の指揮官としての能力を高く評価せずにはいられなかった。警察庁の局長賞を受賞した場合には自動的に、その中心的人物に対して警視総監賞賞誉一級が授与されるからだ。

「うちは情報部門ですからね、キャリアの皆さんのサロン会議のネタをいつも仕入れているところが評価されているだけなんですよ」

「山下係長は当然総監賞でしょう?」

「何を言っているんですか。警部になってまで賞をもらっていたら、部下に示しがつかないでしょう。賞は警部補以下だけでいいんですよ」

榎本は現場のトップに立つ者の心意気を感じていた。

「ところでご用件は？」

「実は職員による迷惑防止条例違反事件なんですが、被害者のバックグラウンドを調べていただきたいと思いまして……」

「ハメられた可能性でもあるんですか？」

「まだ何とも言えないのですが、容疑者が事件に関して黙秘しているんです」

「否認ではなく黙秘ですか？　珍しいことですね」

山下も驚いた声を出していた。

「男と一緒の女子高生に痴漢したというのも妙なんです。おまけに、容疑者はなかなか優秀な人物評価なんですよ」

「ちなみにセクションはどこですか」

「組対四課です」

「なるほど……ヤクザもんにハメられた可能性もあるわけですね」

「被害者は高校二年生なんですが、逮捕者が一緒にいた彼氏で大学生なんですよ」

「なるほど……それで公安ですか。まだ様々な形で学生運動をやっている連中は多いですからね。わかりました。人定をデータで送って下さい。うちも今回の局長賞受賞で少し、ゆっくりしようかと言っていたところだったんですよ」

山下が笑いながら言った。

「少し、ゆっくり……ですか？」

「やるときはやる。やらない時は全くやらない。なんでもメリハリが大事です。うちのチームは明日から半数が交代で十日間ずつ休みますよ」

山下の手綱の扱い方が絶妙なのだろう。榎本は臨機応変にチームを運用する山下の巧みさを学ばなければならないと思った。

山下の動きは早かった。電話を切り榎本からの人事データを受信するとすぐに公安四課に照会の電話を入れ、その結果を榎本に伝えた。

「榎本さん、この柿原新司（かきはらしんじ）という大学生は公安対象者としての把握はありませんでした。彼が通っている大学を見ている所轄にも確認しましたが引っ掛かりません。それよりも、被害者の小河原真由子（おがわらまゆこ）の方がその筋の関係者として名前が出てくるんですよ」

「その筋……というとヤクザもんか何かですか？」

「そうです。極東一新会の元トップで小河原隆の娘です」

「元ということは足を洗った……ということですか？　それとも……」

「五年前に死んでいます。対立抗争の仲裁役だったようですが、双方から恨みを買っていたようで、犯人は今も未検です。おまけに小河原隆は組対四課の協力者だったようです」

「組対四課の協力者……ですか……」

　榎本の頭が目まぐるしく回り始めた。

「ただし、協力者の件はどこのヤクザ組織にも全く知られていません。公安部も秘匿で奴を追っていたのです。何しろ奴はかつて、現職総理大臣の褒め殺し事件でも仲裁役になったほどの実力者だったのですよ」

「そんな大物だったのですか……ヤクザが知らないことをその家族が知るはずもありませんよね」

「そうですね。おそらく奴一人で墓場まで持って行った秘密だったと思いますよ」

「これは偶然なのでしょうか？」

「何とも言えません。僕の後輩で公安部から組対四課に行った係長がいますから、こっそり聞いてみますよ」

「公安部から組対四課に異動というのも珍しいですね」

「警察庁刑事局長から直々に依頼があったようです。彼は公安部の中では政治家とヤクザの動きを中心に仕事をしていましたから。この人も実に面白い人ですよ」

「人事記録データを調べればすぐにわかるとは思いますが、何という人ですか？」

「松田健児という係長です。私と同年だったと思うので三十六歳くらいだと思います。組対四課長も相当頼りにしている人ですし、兼光参事官とも仲がいいですよ」

「組対四課の松田係長？」

「ご存知ですか？」

「以前、新宿の事件の時にお会いしています。彼はうちの兼光人一課長とも仲がいいのですか。公安部にはそんな人が本当に多いんですね」

榎本はキャリア、ノンキャリの関係を度外視して付き合いができる公安部の特殊性が不思議だった。

「松田君は二、三年の間、関西の大物経済ヤクザの下に潜入していたこともありますから、情報量が半端じゃないんです」

「そんなこと、本当にあるんですか？」

榎本が驚きの声を出すと山下が笑って答えた。

「この時の大物経済ヤクザが殺されなかったら、未だにヤクザ社会に身を置いていたかも知れません。関西中の暴力団担当刑事が松田君の素性を必死になってチェックしていたという情報もありましたから」

「殺されたって、まさか、あの竹本組ナンバースリーだった高見太郎（たかみたろう）のことですか？」

「さすがによくご存知ですね。どこでどうやって接点を持ったのかわかりませんが、松田君が警備局長命で潜入したことは公安部の情報担当では有名な話なんですよ」

「そうなると、命を狙われる可能性も高いのではないですか？」

榎本は監察の立場から松田の身の上を案じていた。

「竹本組は一切手出しをしないお触れを出したみたいです。先代の総長も苦笑いしていたという噂でしたからね」

「公安部員のままならまだしも、組対に異動したとなると敵も穏やかではないのではないですか？」

「松田君は仕事では二度と関西に足を踏み入れないということになっているようです。でも、根っからの京都好きなので、年に何度かは足を伸ばしているみたいですよ」

山下が笑いながら言う言葉の一つ一つが榎本には恐ろしいもののように感じられていた。

電話を切ると榎本はすぐに人事記録を確認した。

「松田健児、三十六歳独身、同志社大学法学部出身だったのか……珍しいな。身長百七十五センチで逮捕術の本部特練で警視庁代表選手か。半端じゃないな」

榎本は改めて松田警部に興味を持った。本部特練ならば教養課に確認すれば戦績や個人の性格等もデータ化されているはずだった。教養課術科係長は警察大学校の同期生だった。

「元逮捕術本部特練で組対四課の松田係長のことについて伺いたいんですが」

「松田係長ね。戦績は四年間無敗だよ。無敗。徒手対徒手の部門では全国区だね。スーパーマンとも言われているよ」

術科係長は何のデータも見ることなく回答した。

「どういう人なんですか？」

「人気者だよ。もう管理職試験も受かっているから、来春には出るんじゃないかな。あの年次では出世頭なんじゃないのかな？　ただ、あれだけの人でも笑い話があって、これまで女と付き合ったことがないらしい。管理職試験の面接でそう本人が言ったのが話題になっていた」

「よく警部試験に受かったものですね」

「あれは『現在真剣に結婚を考えている相手がいます』というのが常套句だからね。管理職試験の時には陪席面接官の教養課長が『紹介するよ』と言って、面接試験が爆笑になったというからね」

「本当ですか？」

榎本も思わず笑い出した。管理職試験の最終面接試験官は警務部参事官と総務部企画課長、警務部教養課長の三人。警務部参事官と教養課長はキャリアで、企画課長はノンキャリ課長のトップである。階級で言えば警視長の参事官と二人の警視正課長という、本来ならば重々しい雰囲気なのだろうが、榎本はその場の楽しげなイメージが何となく湧いてくるのだった。

「ところで、松田係長がどうかしたの？」

「いえ、以前お世話になったことがあるのですが、その時は仕事の話だけでしたので、今回はあの方がどんな人か知っておこうと思ったのです」

「いい人だよ」

榎本が組対四課の庶務担当係長に電話を入れたのは、その日の午前十一時前だった。

「ご迷惑をおかけして申し訳ありません。私どもと致しましては勾留が付いた段階で半日時間をいただき聴取する予定です」

庶務担当係長は監察係長という肩書を聞いただけで詫びの言葉を述べた。

「実は今回の事件で、被害少女が反社会的人物の子女であることが判明したため、そのバックグラウンドを調査することになりました」

「えっ、そうだったのですか？」

「今回の被害少女は五年前に死亡した極東一新会の元幹部、小河原隆の娘です」

「あの小河原隆ですか……」

庶務担当係長は電話の向こうで何かしら頭を巡らしている様子だった。

「小河原隆と今回の高橋主任との接点は何かありますか？」

「極東一新会は高橋主任が担当していました」

警視庁本部各課の庶務担当係長は係長として現場を経験してきているだけに、即答した。榎本は庶務担当係長に面談を申し込むと直ちに了承された。

警視庁本部六階の組織犯罪対策第四課はキャリア警視正の藤本課長以下、かつての捜査第四課、つまりマル暴対策として暴力犯罪情報と暴力犯罪捜査に携わっている。

警視庁のマル暴担当課長にキャリアが就くのは前身の捜査第四課からの伝統で、二課の知能犯捜査と四課の暴力団担当は刑事警察の中でも全国的に影響を及ぼすからである。これに比べて強行犯捜査の捜査一課や盗犯捜査の捜査三課は全国波及の傾向が弱いため、ノンキャリがトップに就いている。

「本当にご迷惑をお掛けして申し訳ありません」

庶務担当係長は自席で立って榎本を迎えた。その背後では庶務担当管理官が苦虫を噛み潰したような顔でデスク上のパソコンに目を落としていた。

「今回の事件には何か裏があるような気がします」

「そうですか……実は今朝、兼光警務部参事官から、うちの課長に電話が入りまして、かなりこっ酷くお叱りを受けたようなんです。その影響で理事官以下ピリピリしているような状況です」

「キャリアの先輩後輩は厳しいものがあるかと思います。しかし、今回はまだ記者会見も開いておりませんし、人一課長もまだ冷静だったのですが……」

「と言っても高橋主任が黙秘している以上、こちらとしても何も言うことができません。警務部参事官は、うちの課長の人事管理よりも黙秘権行使に強いご不満がおありのようです」

「普通じゃないのは確かです。被害者を庇っているのか、その背後にある何かを感じ取っているのか、早めに高橋主任が信頼している上司から聴取させて下さい。ところで、高橋主任の担当上司はどなたですか？」

「渡部(わたべ)係長という、当課では最年長の警部です」

「高橋主任との付き合いも長いのですか？」

「付き合いは長いのですが、関係が上手くいっているかといえば、決してそうではないようです」

　庶務担当係長は気まずそうな顔で声をやや潜めて答えた。

「職人同士……というところですか？」

「渡部係長を高橋主任が信頼していない……というのが本音ですね。渡部係長は昔気質(かたぎ)というよりもパソコンも苦手で、今どきの捜査員ではないのです」

「どうしてそんな人が戻ってきているのですか？」

「組対四課になっても、まだ昔の捜四時代の古い体質の人間関係が残っているのです。捜四最後のメンバーたちです。渡部係長は二代前の理事官が一本釣りしたのですよ。派閥なんて古いものはやめたいところなんですけどね」

「派閥ですか……良し悪しなんでしょうが、組対四課のみなさんは未だにマル暴が刑事部から追い出されたという気持ちがあるのでしょうか？」

「警察庁に組織犯罪対策局でもあればいいのでしょうが、向こうは刑事局の中の組織犯罪対策部ですからね」

警視庁は警察庁の指示に基づき、いち早く刑事部とは別に組織犯罪対策部を設置したが、おおもとの警察庁は刑事局から組対部を分けることなく刑事局内に設置したのだった。

「それよりも、高橋主任は組織編成上、彼が信頼している上司の直接の指揮下に入っているわけではないのですね」

「若い警部なのですが、組対四課を本気で良くしようとしているグループのリーダー格です」

榎本はそれが松田警部ではないかと思ったが、あえて名前は出さなかった。

「ところで今回の迷惑防止条例違反の被害者である小河原隆の娘と高橋主任との関係を明確にしていただきたいのです」

「小河原隆は確か五年前に死んでいますよね。その後小河原の遺族と何らかの関係があったとは考えられないですね」

榎本は言葉遣いこそ丁寧ながら、どこか他人事のように言う庶務担当係長の姿勢に違和感を覚え始めていた。そこで思い切った質問を投げかけた。

「小河原隆は捜査四課の協力者だったという情報もあるのですが」

「そ、それはどこからの情報ですか？」

庶務担当係長は不意を突かれたのだろう、驚いた声を出した。

「監察の引継ぎ資料から……と考えて下さい」

「組対四課には公安のような協力者というものは公式に設定していないのが実情です。ただ、何かしらの事件情報の提報者に対する謝礼は捜査費と課の運営費から支払っています」

「そうですか。道府県警察に問い合わせたところ、反社会的勢力内の協力者に関しては警察庁に報告しているということも聞いておりますが、警視庁の場合はないのですね」

「ありません」

庶務担当係長はきっぱりと言い切った。

榎本は逆にその言葉に疑問を感じ取っていた。

そもそも、捜査費は捜査員一人につき一万円しか与えられていない。反社会的勢力の事件情報をその程度の謝礼で入手できるはずはなかった。しかも、全国に波及する情報を得るためにキャリア課長を配置しているのだ。それなりの予算が警察庁から支給されて当然である。

しかし、榎本はそれ以上この件に関して追及しなかった。

「小河原隆を担当していた捜査員から事情を聴取したいのですが」

「五年前ですからね、捜査員のほとんどが入れ替わっています。当時の記録を確認してご連絡致します」

「ちなみに、係長は五年前、どちらにいらっしゃったのですか？」

「警部補で当課におりました。しかし、担当が違っていましたので、よそのことは知らないのですよ。事件担当の警部補は目先の事件に追われて、周りを見る暇がなかったですからね。対立抗争でも勃発すれば別ですが……」

「小河原隆は対立抗争の仲裁をしていたと聞いていますが」

「それは関西最大の団体と関東最大の団体が銀座を巡って争った大掛かりな抗争だったのですが、私は全く違うシマが担当だったんです。おまけに、ちょうど警部試験に合格した年でしたので、重要な事件には応援にも行かせてもらっていないんですよ」

庶務担当係長はあえて自分を卑下するかのように言った。

警部試験は難関である。各部で合格人数が振り分けられるため、所属内の勤務成績も大きく左右される。

榎本は至急の回答を依頼してデスクに戻ると組対部の事件管理データを確認した。

五年前の対立抗争事件には警視庁、大阪府警、京都府警、兵庫県警が大合同捜査本部を結成して情報収集、事件捜査を行っていた。

「総勢二百五十人の捜査員か」

警視庁から百人、内訳は組対四課から七十人、組対五課から三十人だった。

「逮捕された者五十五人、押収した拳銃八十八丁、弾丸千二百発、覚醒剤十二キロか」

しかし、その捜査員名簿の中に高橋義邦と庶務担当係長の名前はなかった。

「おかしいな……」

榎本は表彰係長のデスクを訪れた。警視総監賞をはじめとする部内、部外者に対する表彰の窓口である。

総監賞等の表彰に関するデータは表彰係独自のシステムで、警視庁データシステムにリンクしていない。その理由は賞の等級に関する事項は表彰係に一任されているため、極めて繊細な判断が求められるからだった。

警視総監賞の賞誉だけでも一級から三級まである。情報収集、事件捜査に限定すれば、一級は顕著に優れた業績を残した者、二級は重要な捜査の中枢に携わった者、三級は重要な捜査に長期間専従して事案解明に功労があった者に分けられる。警視総監賞に該当しない者には各部長賞や課長賞が功労の度合いに合わせて授与される。紙一重の差で二級から三級に下げられた者、総監賞から部長賞に下げられた者の評価を他の部署の者に見せるわけには行かないのだ。

「五年前の総監賞データを見せていただけますか？」

「五年前の賞誉分でよろしいですか？」

表彰係の空席に座った榎本は表彰係長がアクセス権限を設定してくれた専用パソコンを開いた。

事件捜査等に関する総監賞は起訴になった時点で主管課から上申が始まる。上申を審査して賞が発行されるまでには通常二ヵ月を要する。

「この辺だな……」

　榎本は対立抗争事件に際して、組対四課が表彰上申した書類と総監賞授与記録を見比べた。

「一級は該当なし、二級が五人、三級が十人か……あれだけの事件を解決しておきながら、結構渋いな……」

　当該事件のチェックが終わって、他の事件を眺めていると、ふと榎本はある名前に気付いた。

〈賞誉一級　組織犯罪対策第四課警部補　高橋義邦　捜査情報収集適切の功（刑事局長賞授与に伴う）〉

「賞誉一級か……それも警察庁刑事局長賞を授与されている……上申者は組対四課ではなく組対総務課か……」

　榎本は組対総務課の上申書を確認した。

「反社会的集団による対立抗争の終結を目的とする仲裁者情報の収集と、事件情報の入手により、事件実態の把握及び事件の早期解決に抜群の功労が認められた、か……もの凄い仕事をしたんだろうな……しかし、組対四課ではなく組対総務課が上申した理由は何故だろうか……」

この上申書を作成したのは当時の組対総務課庶務担当係長で現在企画課庁務担当管理官の杉浦敏彦だった。榎本はすぐに杉浦管理官に電話を入れた。

「杉浦管理官、五年前の組対総務課庶務担当係長時代のことについてお伺いしたいのですが」

杉浦管理官は当時のことをよく覚えていた。

「あれは刑事局長から直接電話をもらったのですよ。『あの情報がなかったら今回の捜査はできなかった』とね。当時の組対四課は忙しすぎて、総監賞の上申などいつになるかわからないような状況だったのでね。刑事局長にすれば『他の道府県が局長賞受賞者に即日、本部長賞を出して給料まで上げているのに、警視庁はほったらかしなのか』ということになったんです。この時の刑事局長賞受賞者は全国で十人しかいなかったらしいですからね。その刑事局長が今の警視総監だから、結果オーライだったのですけどね」

杉浦管理官はこの立場にしては珍しく、階級下の榎本に対しても敬語を使った。これはキャリアとの付き合いが多い幹部の特徴でもあった。

「小池総監だったのですか……道理で最近組対四課に優秀な人材が集まっているのですね」

「私の前任の庁務担当管理官が理事官に、栃本庶務担当管理官、松田事件担当係長は公安からと、情報収集担当を集中的に集めていますね」

企画課庁務というセクションは国会、都議会において警視庁に関する質問を事前に入手するため置かれたポストで、警視庁では公安総務課と企画課にしか置かれていない。

「高橋義邦主任はどういう人だったのですか？」

「彼は事件捜査ではなく、どちらかと言えば反社会的勢力全般の中枢情報を収集していたようですね。組対四課ではごく一部の人にしか情報を上げていなかったようですが、警察庁の評価は抜群でした。中でも組対四課長がキャリアの場合にはその傾向が顕著でした」

組対四課長はキャリアポストの一つであるが、キャリアとノンキャリが交互に課長に就く変則的なポストでもあった。このため、キャリア課長の時は警視正、ノンキャリ課長の時は警視と、組対部内の所属長序列が変わるほど影響力が変わった。

「すると、ノンキャリからはあまり評価されていなかったということですか？」

「そこが微妙なんですね。あれだけの実績を上げている人ならば、とっくに警部の選考試験で合格していてもよかったはずなんですが、仕事に波があったのでしょうか、課長推薦が組対総務課に降りてこないんですよ」

「そういう理由でしたか」

「そう、でも一度だけ課長推薦があったのですが、その時に奥さんを病気で亡くされて、ご本人が昇任を固辞されたのです。それ以降は一度も推薦名簿に名前が出てきません」

「それって、五年前ですよね」

「そうです。それで私が覚えているのです。実にもったいない話ですからね。ただあの時は家庭では奥様のご病気とご逝去、仕事はヤクザ史上最大の対立抗争という時期でしたから、高橋主任は心身ともに極限状態だったのではないかと思います」

「実は、その高橋主任が今朝迷惑防止条例違反で現行犯逮捕されたのです」

「えっ、まさか……何かの間違いではないのですか？」

杉浦管理官は驚いた顔つきで訊ねた。

「私も少し疑問を持っているのです。と言うのも、犯行事実に関しては黙秘しているのです」

「否認ではなく黙秘ですか？」

「被害者との間に何かあるのではないか、という疑問です」

「その被害者というのは？」

「高橋主任が情報を得ていたと言われる、元極東一新会幹部の小河原隆の娘なんです」

「なんと……」

杉浦管理官の目が輝いた。それは驚きと言うよりも何かのヒントを摑んだ、という感じのものだった。榎本は杉浦管理官に話しかけることなく様子を窺っていた。

一息ついて杉浦管理官がポツリと言った。

「高橋主任は小河原隆の死に非常に責任を感じていたんです。刑事局長賞を授与され、総監賞一級を渡す前日に小河原隆が殺されたんですよ。その時高橋主任は総監室に入る直前まで『自分には受け取る資格がない』と何度も言っていたのをよく覚えています。しかし、その時はまだ奥様も闘病中ながらご存命でしたから、警視庁として労に報いる結果だという旨をお伝えして、なんとか警視総監から授与されたのです」

「そういう経緯でしたか。高橋主任は小河原隆の家族のことも当然ながら把握されていたのでしょうね」

「情報収集をするには、それは鉄則だと思います。公安警察や監察だって同じでしょう」

榎本はゆっくりと頷いて訊ねた。

「ところで、組対四課には情報収集に関して報奨金のようなものは出ていないのですか？」

「いえ、組対はどこも情報収集しなければ仕事になりません。警察庁から降りてくる予算は組対総務課が一括して受けて、これを警察庁の指示通りに分配していますよ」

「やはり、そういう金はあるんですね」

「いわゆる紐付き予算というものですよ。使途が限定されている金ですから領収書もないんですね」

「それが本人のところに全額届いているかどうかの裏付けは取らないのですか？」

「それは信頼の原則です。まさか国の金を中間搾取することはないでしょう。いくら帳簿に載らない金でもね」

榎本はようやく国から配られる報奨金の流れが見えてきたような気がした。

「ちなみに、警察庁からの報奨金の流れはどこの部門も同じなのですか？」

「そうだと思いますよ。警察庁も各局から長官官房会計課に指示を出し、会計課が直接都道府県警の各部総務課にまとめて金を送りますからね。ただし、公安部だけはわかりませんん。あそこの金は警察庁からだけではないようですからね」

「官邸ですか？」

「内調経由もあるはずですからね。他の部とは使う額が違いますよ」


自席に戻った時に組対四課の庶務担当係長から電話が入った。当時の高橋主任の上司が判明したという報告だった。

植田という当時の上司は組対五課の銃器担当管理官になっていた。榎本はすぐに連絡を取って面談した。

「高橋主任が痴漢？　それも小河原隆の娘に？　それはあり得ない。娘が逆恨みしたのかも知れないが、当時はまだ小学生だったでしょう？　私も小河原隆の葬儀には高橋主任と一緒に出掛けたのですよ。上野寛永寺で、そりゃあ大きな葬儀でした。全国からヤクザの親分さんが詰めかけましたし、政治家の秘書や財界人も多数来ていました。機動隊も一個大隊が警備に当たったったんですよ」

「ご遺族にも会われたのですか？」

「私たちは一般焼香でしたが、小河原隆の奥さんは高橋主任のことは知っていたみたいですね。他の焼香者に対する礼とはちょっと趣が違っていましたから」

「趣……ですか？」

「そう。なんと表現していいのかわかりませんが、夫を失った悲しみと微妙な安堵感が入り混じったような表情があって、それでいて高橋主任には、その意図を何とか伝えたい……といった雰囲気を、ほんのわずかな時間でしたが感じたんです」

「それは植田管理官の感性が鋭敏だったからでしょうね。おまけに高橋主任の仕事のこともよく理解されていたからではないですか？」

榎本は直感で、この植田管理官と高橋主任には良好な人間関係が醸成されていたであろうことを汲み取っていた。

「私が管理職試験に受かったのも高橋主任と一緒に仕事ができたお蔭だったのです。反社会的勢力に関する情報について理解のある課長や組対部長から評価されていましたからね」

「高橋主任を警部の選考試験に推挙されたのも植田管理官ですね」

「そうです。できることならば高橋主任には居座り昇任を考えていたのですが、そこまでは抵抗勢力の圧力を受けて頓挫してしまいました。巡査部長から警部補も居座り昇任でしたからね。それでも、あと一歩の時になって高橋主任の奥様の容体が悪化してしまったのです。結局、昇任選考も辞退されて、その代わりに四課に居残りが決まったのですが、結果としてそれがよかったのかどうか判断しかねるのが現状です。ところで小河原隆の娘はどういう子なんですか？」

「今、監察と公安部とで調査中です」

「公安部ですか？　確かにあそこはあらゆる情報の坩堝ですからね。何でもいいので高橋主任にとって有利な情報が入ればいいと思います」

榎本は礼を述べて自席に戻ると公安部の山下係長に電話を入れて植田管理官からの情報を伝えた。

「小河原隆の娘よりも、その母親、つまり小河原隆の未亡人から話を聞いた方がいいのではないでしょうか」

「実は僕もそう思っていたんですが、残念ながら監察には反社会的勢力の実態に詳しい者がいないんですよ。ハムには適当な捜査員はいますか？」

「それなら組対四課の松田係長に頼んだ方がいいんじゃないかな。なんなら私から頼んでみましょうか？」

松田係長と面談ができたのは、その二日後の昼、場所はキャピトル東急の『オリガミ』だった。山下係長にも同席してもらった。

「久しぶりに、ここのパーコー麵にありつけますよ」

松田係長が笑いながら言った。これを受けて山下係長が松田係長を指差しながら言った。

「彼はハムの頃、毎月三十万以上の活動費を使っていたんですよ。お蔭で俺もお相伴に与ったんですけどね」

松田係長は照れ臭そうに答えた。

「あの頃が懐かしいですよ。何しろ金だけもらって、出勤時間もない放し飼いのような毎日でしたからね」

榎本は監察係の体面もあって「信じられない……」という顔で山下に訊ねた。

「公安部ってそんなところなんですか？」

「この人くらいなものですよ。まあいい仕事をしていたことは確かですけどね」

「お二人は同期なんですか？」

山下が苦笑交じりに答える。

「卒配は私が三期先輩。私は前年合格の最終入校組で、こいつは翌年のトップ入校組なんですよ。それが巡査の公安講習同期なんですからね。この人は総監賞だったけど」

　警視庁は一年に約六百人を採用する。これを年間十回程度に分けて警察学校に入校させるため、入学式と卒業式が頻繁に行われている。同じ年度の採用試験に合格しても、最初に警察学校に入校する四月一日組と最後に入校する十一月一日組では期別で十期以上の開きができる。このため、いくら同じ年度に採用されていても卒配順で先輩後輩が決まる警視庁では、永遠に先輩後輩の序列が付いて回るのだ。

　名物のパーコー麺が届いた。慎重に薬味を入れる松田は、一見華奢に見える細めの体格で、物腰も実に柔らかい。彼が逮捕術の警視庁代表選手とは想像すらできない穏やかな雰囲気を醸し出していた。

「学生時代、空手か何かやっていらっしゃったのですか？」

「さすがに監察、調べ上げられているんだな」

　松田係長がひょうきんに両手を広げて笑いながら言って、話を続けた。

「私は中国拳法です。少林寺拳法とはちょっと違うのですが、どちらかというと総合格闘技に近い、何でもありありの武道です」

「それで徒手対徒手なのですね」

「武器を持ったら剣道をやっていた者にはかないません。でも殴る蹴る絞める加えて関節技ならば徹底的に鍛えられていますよ」

「不敗神話が残っているそうですね」

「まあ、警察の逮捕術でしたら滅多に負けることはないでしょう」

松田は軽く言ってのけた。パーコー麵を食べ終えたところで榎本が本題に入った。

「ところで高橋主任の件なんですが……」

「悩ましい事件ですよね。うちの課では誰も高橋主任がやったとは思っていません。ただ、何故黙秘を続けているのかが全く理解できないんです。うちの課も担当の管理官と係長が面談したようなのですが『迷惑をかけて申し訳ない』と言うのみで事件に関しては何も言わなかったそうです」

松田が困惑気味に言った。山下が松田に訊ねた。

「今回の被害者の人定は知っているんでしょう?」

「いや、全く聞かされてないです。庶務担当と事件担当の管理官、係長だけです」

「噂話くらい流れてくるんじゃないの?」

「それが完全シャットアウトなんです」

山下は質問の手を弛(ゆる)めない。

「仕方ないのかも知れないが、その連中で処理できる話なのかい？」

「庶務担当管理官は優秀です。庶務担当係長は保身一筋の人ですから、積極的に高橋主任を助けようとは思っていないかも知れません。仮に高橋主任が起訴されたとしても庶務担当は引責該当ではありませんから」

「事件担当の係長が高橋主任と上手くいっていないのは事実ですね。うちの情報担当が高橋主任をうちの班に引っ張ろうと言っているくらいですから」

「主任同士は仲がいいのか？」

「高橋主任は捜四あがりの方で、親分肌のようなところがあるんです。五年前のヤクザ大戦争の時、事件担当のほとんどの班は高橋主任が入手した情報を分析して動いていたそうです」

山下は松田の話を実に楽しそうに聞いていた。

「ハムの時の松ちゃんのような存在？」

「何言っているんですか。私なんて山下係長の足元にも及びませんよ。与党の幹事長から直接デスクに電話が入る人なんて山下係長くらいのものですよ。それよりも、高橋主任の評価についてですが、一言でいえば優劣の差が激しいという印象ですね」

「内部派閥の影響ですか？」

「派閥というほどのものではないのですが、課長がキャリアかそうでないか……庶務担当係長が旧捜四系か否か、あとは直属の係長次第……というところですね」

それを聞いた山下係長が言った。

「公安や捜査二課では情報と言えば組織のリードオフマン的存在ですが、組対四課の一部の者にとっては信用できない存在……というのが常について回るようだからね」

「情報漏洩問題を考えているからでしょうね」

「ヤクザもんがマル暴担当に情報を流す筈がない……というのが暗黙の了解なんだよ」

榎本は二人の会話を自分とは全く別の世界のものと思いながらも、興味深く聞いていた。それは山下が榎本の代わりになって訊ねてくれていたからだった。すると山下が驚くべきことを口にした。

「そういえば松ちゃん、お前、極東一新会にタマ持っていたんじゃなかったたっけ？」

「何でそんなことご存知なんですか？」

「例の褒め殺しの裏情報を取ってきたのは松ちゃんだろう？」

「山下係長はチヨダですか。まったく油断も隙もないな」

松田は苦笑いをしながら答えていた。

「だったら当時、高橋主任のことは聞いたことがあるんじゃないの」

「おおよそのことは聞いていましたよ。極東一新会元トップの小河原隆を運用していた人でしょう。ヤクザ大戦争の時は対立抗争の当事者双方から、小河原の本音と落としどころをいち早く知るために狙われていた人物ですからね」

「そこまで相手方に存在を知られていたということなのか？」

山下は呆れた顔をして言うと、これに対して松田は榎本の反応をうかがいつつ、やや首を傾げながら答えた。

「公安にも協力者の設定に関しては様々な手法があると思うんです。高橋主任の場合、私が思うには山下係長の手法に近い入り方だったと思いますよ」

「堂々と正面突破……って手法か？」

「周囲がびっくりするような接近の手法だったようです。もちろん公安部のような専門の講習を受けたわけではありません。高橋主任が独自に考えた接近工作だったのだろうと思います」

「あの小河原隆が落ちたのだから、それは周到な計画があったのだろうが、元の捜査四課や今の組対四課の情報担当が大組織の組長クラスと面談できることでさえ奇跡に近いことだからな」

「おまけに高橋主任はそれを正面突破したのですよ」

「よほど人間的魅力があった人なんだろうな……」

山下は公安の立場と組対四課の立場の違いをよく理解していた。ヤクザもんの立場から見れば、組対四課の捜査員は「俺たちのお蔭で飯を食っている連中」という扱いなのだ。それに比べて公安、中でも警視庁公安部の捜査員は「わざわざ天下の公安が会いに来た」と思ってくれることが多い。

「小河原隆の立場から組対四課の高橋主任を利用できるメリットもあったのではないだろうか？」

「高橋主任は捜査四課以来のベテラン捜査官で、極東一新会の担当と言っても、反社会的勢力全体を見渡すことができる数少ない人材です。小河原隆が極東一新会の元会長で顧問という立場に身を置いていたのは、極東一新会という組織の独特な立ち位置があるからでしょう。反社会的勢力の中では国内第四位ですが、彼らが押さえている世界は広いですからね。特に興行の世界ではどこの追随をも許さない立場にあります」

「それを一代で築いたのが小河原隆だということなんだろう？」

「あれだけ代替わりしなかった反社会的勢力組織は他に例を見ません。それで反社会的勢力の中でも重鎮として重要な立場にあったのだろうと思います」

松田の話を聞いて山下は腕組みをしながら、「ウーン」と唸（うな）って言った。

「俺にはどうしても理解できないところがあるんだが、どうして、そんなに反社会的勢力を俯瞰的に見ることができる高橋主任のような人を組織が重宝しないのか……事件の時は世話になったわけだろう？」

松田も腕組みをして答えた。

「高橋主任の情報はどちらかと言えば大局的な内容だったようです。警視庁の組対四課とすれば、警視庁管内若しくはこれに直結する団体の事件情報が欲しかったわけです。しかし、高橋主任の場合には反社会的勢力同士のせめぎ合い的な情報が主だったわけです。これは警察庁にとっては非常に重要な意味合いがあったのでしょうが、警視庁の課内受けはしなかったということなんでしょう。それに加えて、さきほども言ったように、四課の捜査員からは、高橋主任が自分たちの情報も小河原に流していたんじゃないか……という疑念を常に持たれていたわけですよ。本来なら、対立抗争をしていた当事者の担当者が情報を得るべきだったにもかかわらず、それができなかったという背景もあったからですが……」

「それは高橋主任の目の付け所がよかったからだろう？　いくら反社会的勢力の中では四番手の組織のトップとはいえ、その中では重鎮とされていたわけだろう。水戸黄門様のようなものだったわけだろう？」

「そのとおりだと思いますよ。だから当時の刑事局長、今の小池総監は高橋主任の情報を評価していたんですよ。刑事局長のもとには全国の反社会的勢力の情報が全て入って来るわけで、それを評価できる数少ない存在だったからです」

　榎本が頷きながら言った。

「そうなると、今回の高橋主任の痴漢情報が総監の耳に入る前に何とかしたいものですね」

「総監は間違いなく、高橋主任のことは覚えていますからね」

　松田の言葉を聞いて山下がニヤリと笑って言った。

「さて、そうなると小河原隆の未亡人に直当たりをするとなれば、やっぱり松ちゃんがやるのが一番いいだろうな」

　山下の唐突な意見に松田は驚いた顔をして訊ねた。

「私がですか？　極東一新会の担当はないので、私の一存でやることは難しいところがあります」

「それなら警務部参事官から四課長に電話を入れてもらえばいいだろう。ねえ榎本係長」

　今度は榎本が驚いた。こんなことを言えるのは警視庁広しといえども山下係長くらいのものだろう。

「そうしていただくと監察としてもありがたいです。亡くなったヤクザの未亡人とは言え組対に関する基礎知識なしに聴取するのは気が引けます」

「そうだろうな。何を聞かれるかわからないからな。おまけに現時点で未亡人が組織と何らかの関係を持つ可能性も決して否定できないからな」

「何と言っても『姐さん』ですから、四課長の了承が出れば私がやります。高橋主任のことを心配している一人ですから」

　榎本は松田と直接話す場面は少なかったが、その人となりは十分に理解できたと感じた。

　翌朝、兼光人一課長に榎本が呼ばれた。山下が早々に連絡を入れていたのだった。

「やはり組対四課も今回の事件には疑問を持っている様子だな」

「我々としても、ちょっと腑に落ちない点があるのですが、相手が相手だけに接点の取り方を模索している最中です」

「そこで公安部に依頼した……というわけか？」

「山下係長には何かルートがないかご相談をしただけです」

「そして松田係長も登場という流れだったわけなんだな。まあ、いい選択だっただろうな。松田という男も面白い情報ルートを持っているようだから、榎本係長もいい勉強になるだろう。組対四課長にはすでに指示を出しておいた」

榎本は松田と行動を共にしたいという思いもあったが、未亡人に関しては全面的に任せようと考えた。


松田は予め電話でアポを取って小河原隆の未亡人が指定した、目黒区柿の木坂にある小河原の自宅を訪れた。

東急東横線の都立大学駅と駒沢公園のちょうどあいだ、いわゆる古くからの高級住宅街の一角だった。敷地は二百五十坪で抵当権も何も設定されていない、その地域の中でもさらに一等地の角地だった。

大きな石で組まれた石垣には、熊本城の武者返しのように美しい反りが見られた。石垣の角には桜の巨木がどっしりと根を張って地域を睥睨していた。

「泥棒も二の足を踏むような屋敷だな……」

松田は呟きながら門の前に着いた。鋳物でできた明らかに特注品とわかる高さ三メートル、幅五メートルはある門扉だった。ヤクザのボスだった者の持ち物らしく、外から確認できるだけで五台の監視カメラが動いていた。

表札は達筆な書で「小河原」とだけ黒曜石に彫られていた。表札の下にはカメラ付きのインターフォンが設置され、ボタンを押すとすぐに応答があった。自動で扉が五十センチほど内開きに開く仕組みで、大人数で来ても勝手に中に入ることができない仕組みのようだった。

石垣にトンネルのように掘られた門を入ると、車は入ってすぐスロープを使って屋敷に登るようになっているが、徒歩の来客にはエレベーターが設置されていた。エレベーターは松田を感知したかのように開いた。全てが自動だった。地面の中に掘られたエレベーターはガラス越しに土を感じることができる造りだった。

エレベーターが地上に出るとそこは緑で囲まれた別世界だった。屋敷が見えない。木々に覆われながらも屋根が付いた径をくねくねと三十秒ほど歩くと、旧財閥の持ち物かと思えるような古めかしいながらも建物の中央部に車寄せが設けられた洒落た洋館が現れた。

「並のヤクザじゃないな……」

圧倒されそうなプレッシャーを感じながら松田は屋根の下を通って車寄せの脇に到着した。

すぐに普段着の女性が玄関ホールに現れた。松田は一瞬、この家のお手伝いかと思ったが、その女性が言った一言で、彼女が小河原隆の未亡人である郁子だとわかった。

「宅までお呼びたてして申し訳ありません」

事前調査では四十六歳のはずであったが、どう見ても三十代前半に見える若々しさと、知性を湛えた美しい風貌だった。

「こちらこそ急な申し出に対応いただき、ありがとうございました」

松田が通されたのは控えの間ではなく応接室だった。その窓から見える庭は芝の手入れが行き届いた百坪はあろう、まるで原っぱのような光景だった。

「なんとも贅沢な空間ですね」

「主人は飾られた庭が好きじゃなかったものですから。ただ、自分で芝の手入れをするのが好きで、ゴルフ場から芝刈り用の電動カーを譲っていただいたんですよ」

「今は奥様が手入れをなさっているのですか？」

「いいえ、主人が亡くなってからは植木屋さんにやっていただいております。結構難しいのですよ」

彼女が淹れてきたのはセイロンのウヴァが好みだった。松田は紅茶が好きだったが、その中でもダージリンよりセイロンティーだった。

「早速ですが、お嬢様が痴漢の被害に遭われたことをご存知ですね」

「はい。本人から聞きました。お友達の柿原さんが捕まえて下さったとか」

「そのようです。ところで、その犯人のことについて聞いておられますか？」

「中年の男だったとしか聞いておりません。痴漢は女の敵ですものね。おまけに被害者が娘となれば許しがたいことだと思います。主人が生きていましたら、大変なことになっていたかも知れませんわ」

笑いを交えて話す小河原郁子には、被疑者がヤクザの娘に手を出した哀れな中年男としか映っていない様子だった。

松田は郁子に合わせるように薄笑いを浮かべて言った。

「実は、情けないことに、その痴漢の中年男は警視庁の警察官だったのです」

「ええっ」

郁子の目に俄かに怪訝さを越えた厳しい怒りの光が宿った。それはまさに「姐さん」の目だった。背筋を伸ばし松田に正対して郁子が言った。

「その事件をうやむやにするためにあなたはここにいらっしゃったのですか？」

「とんでもない。事件の真相は必ず究明いたします」

「真相究明？　痴漢は痴漢なのではないですの？」

郁子に隙はなかった。

「失礼ながら、お母様は警視庁の高橋義邦警部補をご存知ですか？」

「高橋さん……もちろん、主人がお世話になった方でしょう。私どもにも未だにお気遣いいただいている立派な刑事さんですわ」

高橋主任が未だに小河原郁子と接点を持っている。松田は驚いた。

「ちなみに、お嬢様も高橋主任のことはご存知なのですね？」

「もちろん知っております。主人が亡くなった時は小学校の六年生でしたけど、何度かお会いしているはずですもの。高橋さんがどうかなさったの？」

「実は、お嬢様を痴漢したのが高橋警部補だったのです」

郁子は手を伸ばしたティーカップを思わずマホガニー製のテーブルの上に落とした。

白いレースのテーブルセンターをミルクティーが薄茶色に染めていく。それでも郁子は茫然としたまま、落ちたティーカップを拾い上げることもできない。

松田がスーツのポケットから駅頭でもらったティッシュペーパーを取り出して拭こうとしたのを見て、郁子が我に返った様子で慌ててお盆の上にあったダスターでテーブルを拭き始めた。幸い、高価なロイヤルコペンハーゲン製のティーカップは割れずに済んだ。

テーブルを拭く郁子だったが、その眼は虚ろだった。

「お母様、大丈夫ですか？」

郁子は首を横に振り続けた。

見かねた松田が郁子の手からダスターを取ってこぼれたミルクティーを拭くと、郁子はソファーにへタリと崩れるように座り込んだ。

「実は我々は高橋主任がほぼ毎朝決まって乗り込む電車の確認を過去一ヵ月に遡って行ったのです。すると、事件の二週間前頃からお嬢様が何度か画像に写るようになったんです」

「どういうことでしょう」

「お嬢様がまるで高橋警部補を探しているかのようでした」

「それでは、まるで娘が高橋さんを痴漢にするために探していたとでもおっしゃるのですか？」

郁子の唇が震えていた。松田は穏やかな口調で言った。

「それはわかりません。ただ、高橋警部補の住まいは千葉県の市川市で総武線の快速電車を利用しています。今回の痴漢行為は新日本橋と東京という極めて短い区間で発生しました。通常、痴漢は身動きができないような状況が長く続く区間で行われるものです。東京駅は高橋警部補の乗換駅です。高橋警部補が乗車する車両はいつも決まっており、その場所にこの三ヵ月以上は違えることなく乗車しているのです。それは、保存されている防犯カメラのデータで確認しております。お嬢様がその車両の同じドアから乗ったのは今回が二度目です。それも前回は乗客が比較的多く下車する新日本橋駅で隣のドアから降りて高橋警部補が乗車している近くのドアに乗ったことが、新日本橋駅の防犯カメラの解析結果から明らかになっています」

郁子は懸命に状況を把握しようとしている様子だった。

「その日真由子はどこからその電車に乗ったのですか？」

「市川駅です。高橋警部補のすぐ後ろにご友人と並んで一緒に乗車しました」

松田は慎重に言葉を続けた。

「まだお嬢様から直接確認を取っていないのではっきりしておりませんが、被害時の調書によれば、前日に市川市在住の同級生宅に泊まり、市川駅でご友人と待ち合わせて今回の電車に乗ったことになっています。これは逮捕者であるご友人の供述と一致しています」

「それならば偶然……」

「それは否定しません。ただ、お嬢様の同級生で市川市居住の生徒さんが見当たらないのです。これは学校の通学定期発行状況を確認した結果なのです」

郁子は「ふー」と大きなため息をついて肩を落とした。言葉を選ぼうとしても思いつかないような様子だった。

「お母様、高橋警部補に対してお嬢様が恨みを持つようなことに、何か心当りはありませんか？」

「高橋さんに恨み？」

「高橋警部補に最後にお会いになったのはいつ頃ですか？」

「高橋さんとは三、四ヵ月前にお会いしました」

「どこで、どんな理由だったのですか？」

「高橋さんは奥様が亡くなられてから、私財を使って犯罪被害者の救済をお手伝いされています。その定例会が都内のホテルで開かれたのです」

「犯罪被害者の救済……ですか？」

松田は高橋警部補の別の顔を初めて知った。

「特に、私の夫のような稼業の方々から被害を被った方に対して自立支援や保護に取り組んでいらっしゃったのです」

確かに組対四課では事件情報だけでなく、反社会的勢力による被害者情報もデータ化していた。

「お母様はいつからその活動に入られているのですか？」

「三年目になります。私も加害者側の立場でありながら、一方では被害者でもありますからね。お詫びも兼ねて事務局で活動させていただいております」

「ご自身が事務局ですか？　高橋警部補はどのような形で動いていらっしゃるのですか？」

「高橋さんは公務員ですので表立った活動はなさっていませんが、毎月十万円単位の寄付と会報の編集に携わっていただいています。年に一度の全国規模の会合では実質的リーダーとして会場づくりも行っていらっしゃいます」

「その会はＮＰＯのような会なのですか？」

「犯罪被害者の会というＮＰＯは別にあるようですが、直接のつながりはありません。ただ、法制化の動きの際には共同して活動することもあります」

「会員というのも失礼かと思いますが、どれくらいのメンバーがいらっしゃるのですか？」

「全国に約千五百人いらっしゃいます。最近は少年犯罪の被害者になられた方々が増え始めています」

「少年犯罪の被害者ですか……」

「多くの少年犯罪の被害者には、裁判所に対して疑問を持っていらっしゃる方が多いそうです」

「それはどういうことですか？」

「少年犯罪の場合、たとえそれが殺人事件のような凶悪犯罪で、裁判を行って少年院に入ったとしても犯人はすぐに世の中に出てくるでしょう？　刑事裁判は少年法という枠があるから仕方ないのでしょうけど、民事は別です。裁判をやっても犯人の九十九パーセントが判決内容を履行できないそうです」

「九十九パーセント？」

「お子さんを殺されて、損害賠償請求を行って、裁判所は何千万円かの賠償を認めたとします。でも、加害者側にはそれを履行する能力もなければ、支払おうという意思もない。またはその意思がなくなってしまうのがほとんどなんです。そうなると、完全に泣き寝入りしかありませんものね。高橋さんはそういう司法のいい加減さを行政が補わなければならないと考えていらっしゃるのです」

「司法のいい加減さ……ですか？」

「だって、裁判所というところは判決を出して終わりでしょう？　特に民事に関してはそれが完全に履行されるかどうかは関係ないのが現実のようです。高橋さん曰く『判決文という紙屑』に、被害者が惑わされているだけなんですよ。それが実情なんです」

松田は脳天に一撃を喰らったかのような気がしていた。

「警察も犯人を捕まえて裁判にかければ終わりですからね。警察も行政の一機関ですから、当然、警察捜査も行政なのです。現場で事件と正面から戦っていた高橋警部補はそこまで考えながら仕事をなさっていたのですね……」

松田には返す言葉が見つからない。

「高橋さんは立派な方だと思っています。それなのに……どうして……」

郁子の顔が再び曇った。

「ところで、お嬢様はお母様がそのような活動をしていらっしゃることをご存知なのですか？」

「それは彼女が高校生になった時に伝えております」

「どのような反応でした？」

「喜んでくれていました。彼女自身、小学校の高学年で父親を亡くしたわけですけれど、父親の仕事の内容はよく知っていました。葬儀の時、ご父兄や学校関係者のご参列をご遠慮致しました。ただ、本当に仲のいいお友達が数人来てくださいました。今でもその方々とはお付き合いしていますよ」

「父親の死を受け止めるのは、小学生では辛かったでしょうね」

「主人があのような形で亡くなって、娘のショックも大きかったのでしょうが、心のどこかではホッとした部分もあったのだろうと思います。その気持ちが、私がこの活動を始めたことへの賛意だったと受け止めています」

松田は郁子の言葉の端々に賢さを感じ取っていた。

「お母様の活動に高橋警部補がかかわっていることも、お嬢様はご存知なのですか?」

「最初にそれは伝えました。娘も高橋さんを信頼していると思っていましたのに……何がなんだかわからない」

急に郁子が嗚咽を漏らし始めた。

「お嬢様がこの数ヵ月の間で、何か変わったような印象を受けたことはありませんか?」

「変わった? そういえば、この二ヵ月位は部活が忙しいと言ってあまり話をする機会がありませんでした」

「部活は何を?」

「演劇です」

「演劇……」

山下は指揮下の四個班のうち三個班を被害者調査に向けていた。

「マル害の動きはどうだ?」

「マル害の小河原真由子は演劇をやっているんですが、その師匠が問題ですね」

担当班長の警部補から山下は報告を受けていた。

「マル対か？」

マル対というのは警備用語の一つで「対象者」を意味する。その中でも公安では警察対象者、つまり要監視対象人物のことである。

「はい。バリバリの活動家です」

「それは学校関係者なのか？」

「部外講師なのですが、自分が所属している劇団が経営している演劇学校でも普段は講師をやっていて、マル害はそこにも通っているんです」

「しかし、そこで生徒に痴漢被害者になる方法なんて教えるかな」

「逮捕経験がある役者だけでも二桁はいる劇団ですからね。誰かに相談すれば知恵を出してくれるんじゃないですかね」

山下は部外講師のデータを見て頷いた。

「こいつか。こいつがよくあの有名校の講師になれたものだな」

「キリスト教系の学校に意外と多いじゃないですか、共産主義者」

「確かに国内でも有名キリスト教女子大の学長が共産主義者だったこともあるが、困ったものだな。それよりも、このマル対がこの有名校に入った経緯は調べがついているんだろう？」

「役者仲間でした。この有名校出身で唯一女優になったのがいるんです」

「ほう。初めて聞いたな」

山下は半ば個人的興味をそそられていた。

「係長も知っている女優です」

「焦らさずに言えよ。誰だよ」

「酒井美佳ですよ」

「あの東大出女優か。彼女がどうしてマル対と付き合いがあるんだ……あっ、わかった、帝国劇場の舞台だ」

「そのとおりです。酒井美佳が初めて舞台に立つに当たってマル対が共演者の縁ということで所属する演劇学校で指導したようです。その後は個人的にも付き合いがあったそうで、彼女自身が入っていた母校の演劇部に紹介したようです」

「すると、マル害は授業以外ほとんどマル対と一緒というわけなんだな……」

「そういうことですね。学校での指導は週二回なのですが、その他の日は部活のメンバーのほとんどがマル対の演劇学校に通っています。その影響もあり、去年全国大会で優秀賞を受賞しているんです。彼女の携帯をチェックしたところ、団員との連絡は頻繁に取っています」

「ところで逮捕者となった彼女の彼氏はどうなんだ？」

「柿原新司という大学生は、彼氏ではなく家庭教師なんです。それも劇団員の裏稼業のような会社で、二課情報によれば、金持ち家庭をターゲットに家庭に入り込むことを目的とした家庭教師派遣業者の出身だということでした」

家庭教師派遣業者は数多いが、その中には宗教団体や左翼活動家が信者やセクト拡大を目指して運営しているものも少なくない。特に後者は医学部志望者やTOEIC等の英語学習に特化して、ターゲットを小中学生時代から大学卒業まで継続して教育するシステムを築いている。長期間にわたるオルグによって本人や家族も知らない間に思想教育を施し、セクトに引き込む手法である。

「すると柿原新司は未把握の対象者という可能性もあるわけなんだな？」

「案外、その可能性が高いと言えそうですね……」

公安警察といえども、対象団体の構成員全てを把握できているわけではない。時には全く把握していなかった者が対象団体の代表として表に登場してくる場合もある。逆に言えば、そういう者の方が地下に潜んで徹底的に活動家として仕込まれている場合が多く、特にそれが高学歴で容姿が整っているような場合にはカリスマ性を帯びて表面に登場してくるのだ。山下はため息を漏らした。

「拙い奴に捕まってしまったのかもしれないな」

「写真を見る限り、なかなかの優男なんですよ。それも東大生」

「どこの親も子供の先生には弱いからな……。それがまた有名大学の学生でかつ美形とくれば両親ともに引き込まれてしまう」

「そうなんです。宗教のマインドコントロールよりも強烈なインパクトを与え、中にはアルバイト学生を自分の会社や病院に迎え入れる親御さんもあるようです」

「そのうちに内部から喰われていくんだ」

「子供を思う気持ちが、いつの間にか蟻の一穴になって、全てを失ってしまうのですね」

「それが奴らの手口だ」

「二課も積極的に広報できないジレンマに悩んでいるようです」

「二課のジレンマか、奴らは全ての金持ちが敵という連中だからな」

警視庁公安二課は労働紛争とこれに深くかかわる極左集団の視察、取締りを行っている。

「本当に質が悪い連中ですよ」

「そうなると、被害者が巧みな手口に乗せられて、そそのかされた虞もあるな」

山下は眉間に皺を寄せながらいつの間にか腕組みをしていた。

「奴らも、もし今回の演出が筋書き通りに行かなければ、自分たちに手が回ることを考えているはずです」

「悩ましい事案だな」

「痴漢というのはどうにでも作り上げることができる犯罪でもありますしね。今回のバックグラウンドを見てよくわかりました」

「どこから崩していくか」

「こちらも周到に準備をする必要があると思います」

山下は頷きながら、取調官の準備も兼ねて思いを巡らしていた。

「被疑者の警部補は二勾が付くだろうから、時間はある。マル害を呼ぶタイミングを十分に検討しよう」

二勾とは第二勾留の意味で、十日間の勾留期間中に起訴できない場合に、検察官はさらに十日の勾留延長を裁判所に求める。この勾留延長を第二勾留と呼んでいる。

山下は被疑者となっている警部補の捜査を一個班に下命していた。

「黙秘野郎はどんな奴なんだ」

「仕事に関しては人望も能力もあります。家族は、東大出で財務省官僚になった息子と国立の医学部三年生の娘がいます。妻は五年前に死んでいます」

「こちらも五年前か」

「こちらも、と言いますと？」

「いや、マル害の父親が死んだのも五年前だったからな」

「大物ヤクザのことですね。マル被のタマだったようですね」

「組対ではタマとは呼ばないらしいが、マル被は仕事一筋なのか？」

「それが、余暇を利用して犯罪被害者支援団体で活動しています」

「なに」

山下は敏感に反応した。

「どういう活動をしているんだ？」

「亡くなったマル被の妻の実家がそれなりの資産を持っていたようで、現在、奴も三棟のアパートを持っているので家賃収入だけでも給料の十倍近く入るんです」

「警察官にはよくある環境だな」

山下の周辺にも似たような同僚が何人かいた。

「娘が医学部といっても、国立だから金銭的には十分に余裕があるのはわかるが、犯罪被害者支援というのも警察官としては珍しい活動だな。その団体はどうなんだ？」

「奴が活動している団体に色は付いていません。奴が活動を始める前に組対四課の庶務担当から公総にマル対関連の照会が来ていました」

色が付く。これは団体のバックグラウンドに左翼、右翼、反社会的勢力等の組織が介在していることをいう。

「一応、確認は取っていたんだな。団体に所属する弁護士はどうだ？」

「参加弁護士も同様で色が付いた者は参加していません。犯罪被害者支援というと極左や革命政党が介在している場合もありますが、それらの団体とは直接の接点は持っていません」

「間接はあるということなんだな、ＮＰＯ団体とか」

「そうです。ただ、マル被が入っている団体の事務局にはマル害の母親、小河原郁子が入っているんです」

「なんだそりゃ」

山下は偶然にしては妙な話だと思った。

な」


「どうやらマル害の母親がマル被に同調したような状況なんです」

「この二人、どちらも独り者だろう？　男と女の関係なんていうんじゃないだろうな」

「携帯電話、固定電話の通話記録を確認した限りでは、この三ヵ月間、相互に連絡を取り合っている様子はないんです」

「三ヵ月間連絡を取っていないのなら、男女関係ではなさそうだな。一体、二人の間に何があると言うんだ」

山下はマル被とマル害の母親との不可解な関係に頭を巡らせていた。

そこへ組対四課の松田係長から電話が入った。

「今から十七階でいいですか？」

十七階の喫茶室のテーブル席はほぼ埋まっていたが、カウンター席のいつもの場所はポッカリ空いていた。

「指定席みたいですね」

松田が笑って言った。

「こういう時は案外、何でも上手くいくんだよな」

セルフサービススタイルでアイスコーヒー二つを山下がお盆に乗せて運んだ。松田はすでに席取りをしていた。

「国会前庭の新緑が綺麗ですね。うちのデスクからは裁判所のビルが見えるだけで緑を眺めることができないので、こういう高いところからの景色はホッとします」

「十四階も似たようなもんだけど、しょっちゅう会議室を使うから、皇居の緑をよく眺めることができる。どこかの国家元首が皇居を訪れて東京の奇跡だと言ったそうだが、まさにそのとおりだと思うよ。雑木林のような鬱蒼とした緑の中に宮中三殿の屋根が見えるのは十一階以上だからな。厳かな雰囲気にもなるんだ」

山下が澄んだ目で緑を眺めながら言って視線を上げ、今度は国会議事堂を見下ろしながら続けた。

「それにしても、あの立派な建物の中にはどうしてあれだけの阿呆がたくさんいるんだろう」

するとと松田は国会議事堂方向を眺めたまま、表情を変えることなく答えた。

「それが、日本国民の政治意識なのだから仕方ないでしょう。未だそれだけの国民ということですよ」

山下は自嘲的に笑って話題を変えた。

「ところで、そちらはどうだった？」

松田はようやく生気を取り戻したかのような表情になって答えた。

「被害少女の母親は被疑者に恋慕の感情を抱いているようですが、被疑者はこれを頑なに受け入れていないという感じですね」

「それは母親の供述？」

「いえ、直感です」

「母親がヤクザもんの場下になった経緯は？」

「場下ですか。懐かしい響きですね。もともと彼女は九州博多の中洲でクラブホステスをしていた時に、小河原隆が見初めて銀座に連れ帰ったということのようです」

山下は日頃から反社会的勢力に対して徹底的に蔑んだ感情を抱いていた。このため、反社会的勢力に身を置く構成員だけでなく、その家族、若しくは支援者に対しても同様の姿勢を貫いていた。

「相当歳も離れているんじゃないか？」

「二回り違います。中洲で出会ったのが二十二歳の時で、東京には二十五歳で出てきて、一年間銀座で修業して、銀座ママになったそうです。三十歳で娘を産むと同時にホステス稼業を辞めて今の生活に入ったそうです。銀座では未だに彼女のことを知っている者は多く、店もかなり繁盛してママとしての存在感も人気もトップクラスだったそうです」

「頭もいいんだろうな」

「顔もスタイルも未だに抜群でした。どう見ても一回りは若い感じでした」

「すると、子どもができてからは専業主婦ということなのか？」

「いえ、小河原隆がやっていた幾つかの会社の役員になっていますし、今でもそのまま経営者として活動している。年商三十億円を超える会社もあります」

ふと松田は小河原郁子と話した時のことを思い出していた。

「失礼ながら、この豪邸を維持するのは大変なのでしょう？」

「主人は幾つかの会社を経営していましたから、その収入が未だに入ります。それに、亡くなった後に、海外の保険会社に掛けていた保険金、それから加害者である団体から謝罪金をいただきました」

この時松田が頭の中ではじいた算盤（そろばん）でも、十億円単位の一時金と年間億単位の収入があるだろうことが瞬時にわかった。

山下は腕組みをして目を瞑り、二、三度頷いて言った。

「もう一度話を整理してみよう。まずマル害サイドからだ。マル害は極左系劇団の指導を受けており、家庭教師もそのメンバーであること。マル害の母親は元反社会的勢力のリーダーの妻だったが、五年前に夫を亡くし、現在は会社役員として相応の収入がある。さらにマル害の母親はマル被に好意を抱いている。そうだよな」

「そのとおりです」

「一方、マル被はマル害の父親を協力者として運営していた。さらにマル害を子供の頃から知っていて、マル害の父親が死亡後マル害の母親とは犯罪被害者支援で行動を共にすることがある」

「そのとおりです」

「そうなると、マル被は被害者の可能性が高い……ということになるな」

「その理由が何か……ですね」

「マル害がそそのかされた可能性もありますよね」

「それにはマル害からの何らかのアクションがあったはずだ。その解明は監察にやってもらうしかないだろう。我々が動くと妙なことに発展しかねないからな」

榎本が山下、松田両係長と会ったのはその日の夕方だった。

「さすがに公安と組対の情報担当ですね。うちがやっていたらいつになったことやらという気持ちです」

榎本は二人の報告を聞いて頭を下げた。山下が言った。

「うちとしても新たな情報が入ったわけで助かりましたよ。ガサを入れる時は一緒にお願いします」

松田が榎本に頭を下げて言った。

「うちは何と言っても当事者の所属ですから、事件のバックグラウンドがわかったことだけでも非常にありがたいです」

「これから監察はどうするつもりですか?」

「被害少女から直接話を聞く予定です。本来ならば少年なので親御さんも同席してもらうことになるのですが、お二人の話を聞いていると、母親と娘の間にも意思の疎通が取れていない状況がありそうです。裏技を使ってみようと思います」

「監察の裏技ですか。いつかその手法を教えて下さい」

翌朝一番で榎本は被害少女の母親である小河原郁子に連絡を取った。娘からの聴取の了解と劇団及び家庭教師のバックグラウンドを教示するためだった。

その夜、榎本に郁子から連絡が入り、事情聴取は翌日午後に自宅で行うこととなった。

「今回もよろしくお願いします」

人事担当管理官の了承を取り付けた榎本は、人事係女性係長の園部彩子に頭を下げた。

「私もあれから妙に刑事魂のようなものが芽生えてしまって、取調べと聞くだけでわくわくするようになってしまったのよ。参事官に頼んで監察に配置換えしてもらおうかしら」

茶目っ気を出しながら園部係長は当初は乗り気だったが、榎本から聴取内容を聞くとフッと息を漏らして言った。

「痴漢の被害者が実は加害者の疑いか……女の弱点を利用するとはね。それも女子高校生でしょう。でも育った環境から全て聴取してみないことには、どこで彼女の人生が狂い始めたかも、わからないわね」

「聴取内容を別室で聞きながら、僕は母親の聴取をします」

「それって、許されるの？」

「母親が立ち会っていては言いたいことも言えないでしょうし、母親にしてみても娘の本心を知りたいでしょう。刑事事件の捜査ではなく、あくまでも監察としての聴取ですから、事実関係がわかれば後は専務警察に任せましょう」

道路から小河原邸を目の当たりにした監察係員は、皆一様に声を失っていた。榎本はインターネット地図の航空写真で空からの画像とストリートビューでは見ていたが、実際に門の前に立ってみると、その威容に圧倒されそうだった。

「税金を払わないということは強いものだな……」

思わず口から出た言葉に自分でも気恥ずかしくなったのか、榎本は気を取り直して言った。

「さて、勝負だ」

インターフォンで確認されると自動で大きな鉄門扉が音も立てずに開いた。

邸宅に入ると、八畳はあろうバリアフリーの白い大理石張りの床が輝いていた。

玄関で出迎えた小河原郁子と娘の真由子は神妙な面持ちだった。一行は四十畳はあろうと思われるリビングルームに通された。

「お忙しいところ恐縮ですが、この事件を一日も早く解決したいと思いお時間を頂戴致しました。できる限り短い時間で、今日一回で終わらせたいと思いますのでご協力よろしくお願いします」

榎本が二人に言うと、郁子は穏やかに頷いたが真由子は不服そうな顔つきで何も答えなかった。

「今回は参考人供述調書を作成する関係で、真由子さんの聴取にはお母様が立ち会っていただくのが慣例なのですが、先に真由子さんのご意見を伺えますか」

榎本が穏やかな口調で言うと、真由子はチラリと榎本の顔と母親の顔を見比べて答えた。

「母が許してくれるなら、母の立ち会いは必要ありません」

郁子は予め榎本から真由子の意思を訊ねておくよう言われていたため、穏やかに頷いた。榎本は改めて確認の意味で郁子に訊ねた。

「お母様はそれでよろしいですか？」

「結構です」

「真由子さんの聴取はこちらの園部警部が行います」

「警部さんなのですか？」

郁子が驚いたような口ぶりで園部の顔を見て言った。

「最近は警察も女性の進出が増えてきているのですよ」

園部が穏やかに答えた。

真由子はバストイレが完備されたゲストルームの応接セットで、郁子は応接間で聴取が始まった。

園部はテーブルに捜査管理システムが登載されたパソコンと小型テープレコーダーを準備した。立会人には泉澤主任が付いた。泉澤主任も聴取状況を明らかにするためボイスレコーダーに音声録音を行いながら、要点をメモしていた。このボイスレコーダーには送信装置が付いており、榎本の手元にある小型録音機付きスピーカーから音声が流れるようになっていた。

真由子の聴取が始まった。

「最初に氏名、生年月日、住所、学校名を教えて下さい」

真由子は素直に答えた。園部はブラインドタッチで供述調書を作成しながら、表情を変えずに真由子の顔を注視して質問を続けた。

「今日は痴漢にあった時の話は聞きません。ただし、当日、さらにその二ヵ月ぐらい前からあなたが市川駅に行くようになった理由を教えてもらいたいの」

「えっ」

真由子の目が一瞬宙を泳いだのを園部は見逃さなかった。「さあ、これからよ」自分に言い聞かせるように園部は大きく深呼吸をした。真由子は答えに窮していた。

「朝五時半に家を出て、一時間以上もかけて、どうしてわざわざ市川駅に向かったのかしら？」

「友達と待ち合わせしたからです」

「その友達の名前は？」

「それは言えません」

「男性？　女性？」

「女性です」

「学校の友達？」

「演劇学校の先輩です」

真由子はもはや園部の目を直視することができず、視線を園部の斜め上に向けていた。「まだ抵抗するつもりね……」容疑者が視線を上に向けている時は抵抗を、下に向けている時は服従を意味している。黙秘する場合には目を瞑るのが通常の姿だった。

「その駅で会って何をしていたの」

「役作りのアドバイスを受けるためです」

「何分ぐらい一緒にいるの」

「十五分ぐらいです」

「痴漢に遭った時一緒にいた演劇学校のスタッフ兼、あなたの家庭教師である柿原新司さんと市川駅で会ったのはその日だけなの？」

「そうです」

答えた真由子の額にうっすらと汗が浮かんだ。

「柿原さんも市川駅とは全く関係がない、世田谷区の三軒茶屋にお住まいなのだけど、どうしてわざわざ市川駅まで来られたのかしら」

「私がお願いしたからです。女性の役作りに女性の先輩だけでなく男性の先輩の意見も聞きたかったからです」

「やはり十分くらいの話し合いだったの？」

「そうです」

「あの劇団員で市川駅を使っている人はいないんだけどな」

「えっ。どうしてそう言い切れるんですか？」

真由子の目つきが挑戦的な雰囲気を帯びてきた。園部は全く変わらないポーカーフェイスで答えた。

「あの演劇学校というよりも、その上部団体にあたる劇団のことは、警察が全部知っているの」

「全部……」

再び真由子の視線が宙を泳いだ。

「あなたは柿原新司さんに何か相談したの？」

「べ、別に……」

真由子の視線が次第に落ちてきた。「ここだ」園部は質問を変えた。

「真由子さん、今回、あなたを痴漢した犯人は以前からあなたが知っている人よね」

「ど、どういう意味ですか」

「あなたが子供の頃から何度も会っている人でしょう？　あなたの亡くなったお父さんと親しかった方よね」

真由子が目を瞑って俯いた。十数秒間真由子は懸命に考えている様子だった。園部は真由子の動作を見守った。「黙秘か……」と思った時真由子が意を決したかのように目を大きく見開いて言った。

「そうです。父をたぶらかして死に追いやっていながら、自分はのうのうと生き延びている。警察官のくせに父にまとわりついて……そんなあいつが憎かった」

「死に追いやった……って、お父さんは仲裁していたグループから狙われたのであって、そこに高橋警部補は関係がないと思うんだけど」

「あの男が父に仲裁役をやらせたのに違いない」

「違いないって、あなたは自分の想像だけで言っているの？」

「想像だけじゃない。私は父の性格を知っているの。父は他人のことに口出しをしないのが信念だったし、私にもそう言っていた。そんな父が他人それも東西の敵対する団体の仲裁なんてするわけがない」

園部は真由子の子供らしい発想を直ちに否定するのを控えた。

「そうか……お父さんの性格を知っているからなのね」

「そうです。父は『他人のふり見て我がふり直せ』と『受けて恩を忘れず施して報いを願わず』というのが口癖でした」

「なるほど。いい言葉ね。真由子さんはお父さんのこと好きだった？」

「私は父の周りにいる人は好きじゃなかった。もっと言えば、父のことも決して好きじゃなかった。『ヤクザの子供』って子供の頃から友達に直接言われたことも何度もあった。でも父が私をとても可愛がってくれたことは自分でもわかっていた」

「真由子さんはお父さんが入っていた団体のことはどのくらい知っていたのかな？」

「日本で三番目か四番目に大きな団体だと母が言っていました」

「そうね。大きな団体のトップだったお父さんだけど、会社もたくさん経営していたでしょう？」

「今も母がその中の幾つかの会社を経営していますから、少しは知っています」

「お父さんは自分の団体だけでなく、会社を守るために大きな団体同士の争いの仲裁に入ったとは考えられないかな？」

「会社を守るため……」

真由子は首を傾げて考えていたが、ポツリと言った。

「わからない。でも私はあの警察官が嫌いなの」

真由子の目に再び憎悪の炎が燃え上がっているのを感じた園部は切り込むのはこの時だと判断した。

「嫌いなのはわかったわ。でも、なぜ突然痴漢だったの？」

「えっ？　なぜって……」

「嫌いな男に自分から近づいて行って、痴漢されてしまったというのも妙な話でしょう？　それも一人ではなく通っている演劇学校の劇団員でしかも家庭教師の柿原新司さんと一緒に。誰が聞いても偶然とは思えないわよ」

園部の言葉に真由子が反発した。

「それは私が嘘をついていると言うんですか？　警察は仲間を庇うために私の被害を嘘にしようとしているのですか？」

「最後は裁判所が判断することだけど、高橋警部補が何も話してくれないから、状況証拠を集めるしかなかったの。そしたらあなた自身の不審な行動や、柿原新司さんたちの活動が次第にわかってきたの。どうなの？　もう一度聞くわ。本当のことを言って。痴漢は本当にあったことなの？」

その質問には答えず、真由子は怪訝そうな顔をして園部に訊ねた。

「あの男が何も話さない？」

「そう。事件のことを何も話さないの。相手があなただと知ったからでしょうね」

真由子の唇が震え始めた。園部の目をジッと凝視した。五、六秒が経った。真由子がようやく口を開いた。

「ずっと復讐を考えていました」

「ずっと……っていつ頃から？」

「半年くらい前から」

そう言った真由子の目が再び宙を泳いだ。

「五年前に亡くなったお父さんの復讐を半年前になって急に考え始めたの？」

「だんだん、父が亡くなった経緯がわかってきたからです」

「だんだんって、いつ頃からわかり始めたのかな？」

「一年前くらいからです」

「どういう経緯でわかってきたの？」

「母と話をしたり、当時の新聞を学校で読んだりして……」

真由子の言葉が少し力強くなってきた。真由子の虚言の中にも事実の部分もあることを園部は感じ取っていた。

「そして半年前頃に事実を知って、復讐を始めようと思ったわけね」

「そうです」

「そうかなあ、そうじゃないような気がするんだけど」

「どういうことですか」

真由子が挑むような視線を園部に向けた。園部は相変わらずポーカーフェイスを貫いていた。園部が言った。

「あなたが復讐を考えたのはまだ三ヵ月ぐらいなんじゃないの」

真由子は驚いた顔を見せた。自分の全てが見透かされているとでも思ったのか、口を半開きにして園部の顔をまじまじと眺めていた。

「正直に言った方がいいわ」

真由子はまた目を瞑った。先程とは違って軽く瞑った目元を見て、園部は真由子が真実を話し出すような気がしていた。

フッと軽く息を吐いて真由子は目をあけた。挑むような目つきから穏やかなものに変わっていた。

「私は母を尊敬していました。母が犯罪被害者支援の活動を行っていることも素晴らしいことだと思っていました。だけど……その母が変わってきたの。そしてその原因にも、あの警察官がかかわっていたの」

「それはどういうこと？」

「私は母とあの警察官がホテルから仲良く出てきたのを見てしまったんです」

「ホテル？　どこのどういうホテルなの？　そしてそれは何時頃のことなの？」

「午後四時頃。新宿の西口にあるホテルです」

「それは普通のホテルなのじゃないかしら。そして、その日は犯罪被害者支援の会が開かれたのではないのかしら」

真由子はやや首を傾げながら答えた。

「でも、母があの警察官に好意を持っていることは一緒に住んでいてわかるんです」

「それは高橋警部補がお母様をたぶらかした……難しい言葉だったわね。お母様の気を引いて騙した……ということ？」

園部の言葉を反芻するように真由子は「騙した……」を繰り返すと、一度首を振ってから答えた。

「父が亡くなったのと同じ時期に、あの警察官も奥さんを亡くしたということを母から聞いています。最初は同情したけど、その後も母と連絡を取り合って、母を犯罪被害者支援の会に誘い込んで、挙句の果てに母を誘惑するなんて許せない……と思いました」

真由子は真剣にそう思いこんでいると園部は感じた。

「真由子さん、あなたはお母さんにそのことを確かめてみたの？」

「そんなことできるわけがありません」

「もし、全てがあなたの思い違いや勘違いだとしたら、あなたは大変なことをしたことになるのよ。あなた自身が犯罪者になるのよ。それをお母様が喜ぶとでも思っているの？　あなたはお母様を尊敬していたはずよ」

「私が犯罪者に……誰もそんなことを言わなかったわ」

「誰も？　それは劇団の人たちのことね？」

真由子が自分の失言に気付いた時にはもう遅かった。園部は真由子が答える前に言った。

「これはラストチャンス。もう一度聞くわ。この痴漢事件を計画したのは誰？」

リビングで真由子の供述状況を聞いていた郁子が嗚咽を漏らし始めていた。

「私の身勝手な思いがあの子にあのような行動を取らせることになったのですね」

「お母様は高橋警部補のことをどう思われていたのですか？」

「立派な方だと思っています。私心がなく、いつも被害者の立場に立って物事を考えておられました。亡くなった主人もあの方を信頼していました」

「ご主人が高橋警部補を信頼していた？」

「はい。主人は自分自身の最後の身の振り方も考えていて『そろそろ足を洗うかな』なんて言ってもいました。あの抗争さえ起らなかったら、きっと組を後進に任せて引退していたことと思います。その相談も高橋さんにしていました。高橋さんはそれに全面的に協力すると言ってくれていたのです」

「そういう経緯があって、ご主人が亡くなった……先ほどお母さんはご自分の身勝手な思いとおっしゃいましたが、どういうことですか？」

「それはあの子が感じていたとおりです。高橋さんを信頼してアドバイスをいただいている時、高橋さんの奥様もお亡くなりになった。お互いの連れ合いの三回忌を終えた頃から、私の中に高橋さんに頼る気持ちが生まれてきたのです。今の仕事をするに当たっても、多々ご指導いただいております」

「それは高橋警部補に対する愛情……と考えてもよろしいのですか？」

「はい。お慕いしております」

郁子ははっきりと言った。

「高橋警部補にその旨を伝えたことはあるのですか？」

「ございません。むしろ迷惑になると考えていましたから。高橋さんも私に対してはあくまで犯罪被害者という意識でお付き合いくださっていたと思います」

「なるほど……お母さんの率直な気持ちと事実関係をお嬢様に伝えた方がいいと思います。今なら彼女もわかってくれるでしょう。彼女もようやく本当のことを語り始めているようですから……」

三日後、公安部三十人が劇団及び演劇学校に対して機動隊一個大隊と共に捜索、差押に入った。

さらに二日後、柿原新司と劇団幹部三人が業務妨害罪で逮捕された。

有名私立女子高は演劇部の部外講師となっていた劇団幹部を解任した。

極左集団はこの他にも彼らが敵として標榜する多くの「権力」と呼ばれる自衛隊、警察、検察等をターゲットとした様々な弱体化工作を計画していた。

しかし、公安部は今回の捜査を一切マスコミに広報しなかった。

榎本が山下に訊ねた。

「どうしてあれだけの体制を組んで立件したのに広報しなかったのですか？」

「主犯が未把握だったという負い目もありますが、一般人が巻き込まれた事件というわけでもありませんしね。身内に警鐘を鳴らすにはいい事件だったんですけどね」

「ガサと逮捕で、ある程度の目的は達成できたのですか?」

「これは監察にお礼を言わなければならない事案でした。一つの団体を壊滅させるだけでなく、これと連絡を取り合っていた友誼団体、さらには極左団体本体の指揮命令系統の一部を明らかにすることができました。これからが公安部の本領発揮です。静かに粛々と敵を壊していきますよ」

榎本は山下の言葉から公安部の力強さを感じ取っていた。

高橋警部補が地方裁判所から出された釈放指揮書に基づき検察官命で釈放されたのはその日の夜だった。

「高橋主任、この十五日間は有給休暇の処理で対応してもらうからな」

組対四課長が課長室で穏やかに言った。

都民の安全を守るため職務に励む警察官を表彰する「都民の警察官」の選考委員会が高橋警部補の選考を内示してきたのはその翌週のことだった。

「公益社団法人被害者支援都民センターが推薦し、関連団体の公益財団法人東京防犯協会連合会、一般社団法人東京母の会連合会、公益社団法人青少年健康センターもこれを支持したらしい。総監も了承するようだ」

　兼光警務部参事官が榎本に言った。

「警察の後援団体がバックアップしたとなると反対はできませんね」

「反対どころか、総監は特別昇任まで口にされているらしい。監察はよくやってくれた。公安部長と組対部長からもお礼の電話が入ったくらいだからな」

「特別昇任ですか……」

「総監の個人的な意見ではなく、組対部長、組対四課長も同意したようだ。組対も公安、捜査二課同様に大局的な情報を大切にしなければならない時期に来ているようだ」

「それは何か大きな理由がでてきたのですか？」

「警察庁は反社会的勢力について、弱体化している組織と勢力を維持・拡大している組織への『二極化が進んでいる』と分析しているようだ。その背景には構成員らの高齢化と資金面の格差拡大があると分析している」

「すると高橋主任が取っていた情報が注目されている……ということですか」

「高橋主任はこの五年間、反社会的勢力の分析を独自の手法で情報収集しながら行っていたらしいんだ」

反社会的勢力の構成員や準構成員の年齢構成を平成六年末と十四年末で比べると、二十代が十一パーセントから五パーセントへ、三十代も二十九パーセントから二十一パーセントへと大幅に下落している反面、四十歳以上は六十パーセントから七十四パーセントに上昇している。高齢化が著しい職種の一つといえるのだ。

「このため暴力団の威力を示す必要のない、特殊詐欺や公的給付金詐欺への関与も深めているのが実情なんだ。この影響で中小規模の反社会的勢力は資金や人材の不足に追い込まれている一方、主要団体の中枢組織は依然として強固な人的・経済的基盤を維持しているという分析になっている」

「そうなればなおさら反社会的勢力をはじめとする組織犯罪の撲滅には主要幹部の摘発や資金源の遮断が必要ということですね」

「それが高橋主任のデータに集約されていたそうだ」

「大変な成果じゃないですか？」

「一気に評価が上昇したようだ」

兼光参事官が笑いながら言った。

*

「ねえ、この人、この前までネットを炎上させていた人でしょう。地獄から一気に天国に昇ったって感じよね」

インターネットでニュースを確認した菜々子は榎本が作ったスクランブルエッグをトーストに乗せながら言った。

「誰しも、守りたい人は自分を犠牲にしてでも思いを貫くものなんだよ」

「それはかっこいいんだけど……でも、どうして痴漢が無罪になったのかしら。そのあたりがネットに何も出てないのよ」

「人違いだったんだろう？」

「人違いで済む話じゃないじゃない。被害者はどうやって謝罪するつもりかしら」

「許しを得ればそれでいいんじゃないかな」

「警察は何も発表しないの？」

「相手は高校生だからな。その立場も考えたうえでのことなんだろう」

「そっか。それよりも、このスクランブルエッグ、スーパー美味しいんだけど、作り方どこで習ったの？」

「友達に聞いたんだ」

「世界一美味しい朝食と見た目も味も同じよ」

そう言いながら菜々子はスマートフォンで写真を撮っている。

「またブログにアップするの？」

「そう。作り方教えて？」

「卵一個に生クリーム三十ccと塩を少々。バターが完全に溶ける前にフライパンに入れて急がずにじっくり、ゆっくりかき混ぜるんだよ」

「なるほど……これアップしたらブログ炎上してしまうかな」

スクランブルエッグを再び口に運びながら言う菜々子に榎本が言った。

「そんなことよりも、痴漢に遭ったら必ず大声を出すんだぞ」

「そういえば最近痴漢に遭わなくなったなあ」

「以前は遭ったの？」

「当ったり前じゃない。痴漢が私を放っておくわけがないでしょう」

自信満々に答える菜々子の目尻に小じわを見つけた榎本は、そろそろ結婚の時期が迫ったことを改めて自覚した。

# 第三章　マタハラの黒幕

西多摩警察署の地域課では、課長の栗山敏夫が苦い顔をして課長代理の本村輝夫に話しかけた。

「時田の奴また産休を取るつもりらしいぞ」

本村は卑屈な笑みを浮かべて、相槌を打つ。

「地域三係の時田、また孕んだんですか？　産休と育児休の繰り返しですね」

「産めるうちに産んでしまえという腹づもりのようだな」

「これで三年連続ですか。これが本当の『腹積り』ですね」

「休暇中は増員要請ができないからな。本音を言えば辞めてくれれば一番いいんだが、最近は権利ばかり主張しやがる。そもそも地域課に女警はいらないんだよな。女警だけで交番に置くこともできないし、待機室は別に作らなきゃならない。相勤員が勤務変更すれば文句を言う。そして挙げ句の果てには『男性と女性は基礎体力が違います』だからな。せめて女警は交通からスタートしていればいいんだよ」

東京都の最西部、多摩地区にある西多摩警察署は警視庁第九方面本部傘下の警視庁で、最も新しい百七番目の署員二百五十人の警察署である。

しかし、地理的に交通の利便性も決して恵まれているとは言えず、第九方面本部が設置されている八王子市大横町から公共交通機関を利用すると、ＪＲとバスの乗り継ぎで最短でも一時間半を要した。このため、施設は立派でも西多摩署に人事異動の内示を受けた警察職員は「島流し」ならぬ「山流し」と揶揄されるのが常だった。

ただし、都民人口が増加しているのは、この西部地区がほとんどで、二十三区内で人口が増加しているのは千葉県との境にあり最も東に位置する江戸川区だけである。

山を切り開き、緑とすがすがしい空気に包まれた新興の街に大型ショッピングセンターやマンションと戸建が半々の住宅地が広がっている。その中心に西多摩署はあった。

地域総務係長の飛澤周作（とびさわしゅうさく）が二人の会話を聞きつけてやってきた。

「課長、声が大きいですよ。今や内部告発の時代ですからね。すぐに人事にツウされてしまいます」

「何が人事だ。最近は女性活躍推進ばかり言われるが、実数が足りないうえに、すぐに休みやがる。それも長期休暇ばかりだ。そんなのを押し付けられる身にもなってみろ」

「世の中の流れですから仕方ないですよ」

「そんなことはわかっている。俺だって優秀な女警は何人も見てきたし、そういう連中が権利を主張するのなら話はわかる。権利というのは義務を履行して初めて主張できるものなんだ。それが仕事もできない巡査のくせしやがって。せめて巡査部長にでも受かって仕事ができるようになってから主張しやがれ、てもんだ」

栗山課長は次第にエスカレートしてくる自分を抑えることができない様子だった。その原因は、午前中に行われた方面地域課長会議の席上で実績低調所属として名指しされた上に、かつての上司だった来賓の本部地域部地域指導課長からさりげなく嫌味を言われたからだった。

本村代理が声のトーンを落として栗山課長に言った。

「人事一課に去年できた警察キャリア・アドバイザーの女警でも呼んで、対応を考えてみますか」

それでも栗山課長の声の大きさは変わらず、さらに憮然とした顔つきになって答えた。

「たった一人しかいない管理官を……か？　上級幹部に指導するなら、せめて理事官級の警視だろうよ。女警で警視は管理官級を含めて十四人しかおらんのだ。たったの十四人だぞ」

警察組織において幹部とは巡査部長以上をいい、巡査部長は初級幹部、警部補が中級幹部、警部以上を上級幹部と称している。

「しかし、本部は女警向けに女性指南役のようなものを作って子育て支援などを制度化するようですよ」

「それはもう『達』に出ている。女性幹部十六人を新たに『警察キャリア・アドバイザー』とかに指定すると書いてあった」

「達」とは警視総監もしくは副総監名で出される通達を意味している。

「キャリアという名前が気にくいませんよね。どういうキャリアで何をアドバイスするんでしょうね」

「本来は女警に対する指導役の予定だったんだろうが、どうも俺たち男警に対しても、奴らなりの勤務経験を生かして、割合が増す女性職員の子育て支援や、仕事と家庭の両立に関して指導するつもりらしい」

「我々が指導を受けるんですか。ところで、時田の件はどうなさるつもりですか？」

本村代理は啞然とした顔を見せて訊ねた。

「妊娠を理由にクビにするわけにはいかん。そうかと言って、素直に『どうぞ、お休みください』と言う気にはなれんな」

「人事に確認しますか？」

「二課の女警担当か？」

「女警担当係長は同期なんです」

「代理の同期生はなかなか優秀だな。何かいい方法がないか相談してみてくれ」

二人の会話を地域総務係長が周囲の目を気にしながら言った。

「課長も代理も、あまり大きな声でその話題に触れないで下さい。今やマタハラは新語から流行語になっているんですから」

「なんだ、そのマタハラというのは？」

「課長、マタハラをご存じないのですか……マタニティハラスメントの略語で働く女性が妊娠・出産にあたって職場で受ける精神的・肉体的な嫌がらせ、いじめのことです」

「誰が精神的・肉体的な嫌がらせや、いじめをしたと言うんだ」

課長はムッとした顔つきで地域総務係長を睨(にら)んで言った。

「地域第三係長からの事実報告書を読んで係長を怒鳴ったでしょう。係長を怒鳴るということも問題ですが、それ以上に妊娠した女警に対して、クビだの休ませる気がないだの言うこと自体が間接的なマタハラになってしまうんですよ」

「間接的？　誰かが本人にチクるとでもいうのか？」

「本人だけでなく、地域総務にも女警がいるんですから、その点をご考慮下さいとお願いしているのです」

「それなら、地域総務の女警を三係にやって、時田をお前のところで預かるのか？　それができないなら文句を言うな。三係長にしても、ただ妊娠事実だけを上げてきやがって、それに対する具体的な意見も付していない。係長なら報告に際しては自分の意見というものを用意しておくものだ。休暇中の彼女が受け持っている地域の巡回連絡は誰がやるか、交番のローテーションをどうするか。丸二年、あの地域は他の係員が交代で回っているんだ」

「確かに、受け持ち区の住民には迷惑をかけているかと思いますし、他の係員にも余計な負担をかけているのは事実です。しかし、今の時期、それを理由に時田に対してだけでなく、女性全般に対する不用意な発言はすぐに問題になってしまいます」

「じゃあどうするんだ。そこまで言うのなら俺が納得できる具体案を出してみろ」

課長は地域総務係長に詰め寄るように言った。

「まず、時田から係員に対して直接報告させ、係員全員に納得してもらうようにします」

「バカ、あのなあ、時田の野郎はこれまで一度も『ご迷惑をお掛けして申し訳ありません』の一言も言ったことがないんだ。三係の係員もほとんどが俺と同じ感覚なんだよ。なんならお前が根回しをして係員を納得させてみろ」

「わかりました。説得してみます」

地域総務係長は課長に節度を付けた敬礼をして、くるりと踵を返して自席に戻った。

栗山課長は署内の上級幹部の中では古参だった。彼より年長は副署長だけで、署長も地域課長には長幼の序を示して敬語を使っていた。彼が着任と同時に最初に受けた報告が時田菜緒子(なおこ)巡査の妊娠および、妊娠症状対応休暇の承認手続きだった。

妊娠症状対応休暇とは、妊娠中の女性職員が、妊娠による症状のために勤務することが困難な場合における休暇のことである。

その際、栗山は即断で承認し、本人に対してくれぐれも自愛するよう祝福の意を含めて直接伝えていた。その後、妊婦通勤時間、母子保健健診休暇、妊娠出産休暇、育児時間に関しても快く承認していた。

妊婦通勤時間は胎児の健全な発育、妊娠中の女性職員の健康維持のため交通混雑を避けるための措置、母子保健健診休暇は妊娠中又は出産後の女性職員が、健康診査又は保健指導を受けるための休暇、妊娠出産休暇は出産前後の女性職員の就業を制限し、母体の保護を図ることを目的とした休暇のことである。

そして、全ての休暇が終わり、挨拶に来るかと思えば再び妊娠の報告を受けたのだった。この時栗山課長の口から思わず飛び出した台詞が「また妊娠したのか」だった。二度目の決裁も全て承認した栗山だったが、その後、一度も時田本人から直接に経過報告等を受けることがなかった。

「俺が今年転勤するとわかっていやがるから、あんな態度なんだ」

栗山は次第に怒りのベクトルが時田本人に向かっているのに気付かなかった。

その会話から二ヵ月ほど経った初夏の午前。

「榎本係長、キャリア・アドバイザーの運用について人事係からアンケートが届いています」

監察係の庶務担当主任が榎本博史にアクセス権限付きデータの開披を求めてきた。

「警察署や警察学校の研修で講演し、かつ現場の指揮にあたる。女性警察官としての経験を後進の女性職員に伝えるとともに、女性の視点を組織運営に反映させる。なるほど……職場環境の改善にも携わることは結構なことだが」

榎本の呟きを興味深そうに庶務担当主任が聞いて言った。

「警視庁の女性警察官は三千四百六十七人で、定員の七・九パーセントです。これを平成三十年度までに十パーセントにすることが目標です。そのためには、働きやすい環境づくりが課題になっているのは事実です」

「女性の雇用拡大と流出防止は喫緊の問題であることは理解している。ただ、男性職員の反発を買うことがないような下地を作っておく必要があるのではないか、ということだ」

「確かに、所轄からの反発がすでに相当数届いているようです」

「だろうな」

「これは外部に向けてアピールする以前に組織内で十分に浸透させなければならない問題なんだ。相当な覚悟を持って臨まないと監察事案が爆発的に増える可能性がある」

庶務担当主任は神妙な顔をして頷いた。

そこへ訟務課庶務担当管理官から電話が入った。

「榎本係長、大変なことが起きた」

「事件ですか？」

「いや、所轄の地域課長が訴えられた」

「地域課長がですか？」

地域課長が一般市民と接することはほとんどない。しいて言えば管轄地域の市民パトロール等の行事に出席する程度である。

「訴因は何ですか？」

「それがマタハラだ」

「すると、地域課の女性警察官が訴えたのですか？」

「女性警察官が流産したらしいのだが、その原因が地域課長によるマタハラだと、市民活動家とともに裁判を起こしたというのだ」

「市民活動家？　反警察団体がかかわっているのではないのですか？」

「その件に関しては公安部に確認中だ。すぐに来てくれ」

榎本は監察官に一報を入れて十二階にある訟務課に向かった。

訟務課に入ると待ち受けていた庶務担当管理官と共に課長室に入った。そこには課長、理事官のほか、第一訟務担当係長の原口（はらぐち）が苦虫を嚙み潰したような顔つきで応接用ソファーで顔を突き合わせて話し込んでいる最中だった。

「おう、榎本君か」

ノックもせずに入った庶務担当管理官と榎本の二人を見て課長が言った。

「チャートはできているのですか？」

榎本は勧められた席に着く前に立ったまま課長に訊ねると、課長は即答した。

「いや、公安部からの連絡を待って最終のものを作る予定だ」

「告訴人の名前を教えて下さい」

榎本の質問に原口が答えた。

「時田菜緒子、二十九歳、西多摩署地域課の巡査です。夫は時田忠正（ただまさ）、四十二歳、西立川署地域課巡査長です」

「二人の直近の勤評はどうですか？」

「時田菜緒子は二年半の産休のため、直近は三年前でD、夫の忠正も昨年度はDです」

榎本は差し出された勤務評定結果報告書を見ながら呟くように言った。

「警察官としては救いがたい夫婦ということですね」

警視庁警察官の勤務評定は本部ならば庶務担当係長が、所轄では担当課長代理が全て作成することになっている。評価はAAA、AA、A、B、C、Dに分けられるがAAAとDは各所属で一人ずつ。AAAは昇任推薦対象者、Dは分限もしくは懲戒対象者である。分限とは公務員身分に関する基本的な規律をいい、「身分保障の限界」の意である。

「こういう夫婦は珍しい。通常ならば夫婦関係も破綻しているんだろうが、子供を三人続けて作ろうとしているところを考えると不思議な関係です」

「女警でもピンからキリまでいますが、女警でD評価というのは初めて聞きました」

「夫婦とも大卒で、女警は警察学校の成績は中の上だったのですが、結婚と同時に評価が下がり始めて、ついにDにまで落ち込んだというわけです」

「結婚した当時の所属はどこだったのですか?」

「新宿署です。男はバツイチで女は初婚でした。ひと回り以上離れた結婚で当時の上司は女警に対して結婚を見送るように伝えたようですが、時遅く、すでにできちゃった状態だったようです」

「なるほど。警察で、できちゃった婚は問題ですからね」

警察では男女が交際をする際には上司に対して報告義務がある。これは、反社会的勢力や警察の組織弱体化を目指す様々な団体からの工作を阻止する目的である。また女性警察官の場合は職場結婚比率が八十パーセントという事情から、夫婦同所属での勤務が好ましくないため、人事異動の観点からも報告義務を課しているのだ。このため、いわゆるできちゃった婚のような場合には、直属の上司も管理不行届きを指摘される他、本人たちにも報告義務違反による処分が科せられる。

「二人の組織内における交友関係はどうなのですか?」

「それが、人事記録に記されている友人は全員虚偽申告であることがわかりました」

「虚偽申告ですか……これも処分対象ですね。友人と書かれた者の供述概要はどうなんですか?」

「二人とも友人として卒配当時から同じ名前を記載していたのですが、書かれた者は卒配後、一度も連絡を取ったことがなく、結婚披露宴にも行っていないとのことでした。今、電話による聞き取り調書を作成しております」

榎本は改めて二人の人事記録に目を通しながら対応を考え始めていた。すると訟務課長が言った。

「西多摩署の地域課長を今、本部に呼んでいるところだが、この男にもずいぶん問題があってね。典型的な課長人工衛星なんだ」

「そういう人を警視にまでした人事に問題があったのでしょう」

榎本は冷ややかに応じた。

「係長として本部に置いておくのも問題があったわけだ。そうかと言って分限にするほどの非行があったわけではないから、課長代理に降格することもできなかった。だからあいつが行く所轄には強い署長若しくは副署長を配置してもらっていたんだ」

「課員が可哀想ですね」

榎本がそう言うと、訟務課長も俯くしかなかった。訟務課長も以前は人事第一課の人事担当管理官の経験があったからだ。

「今後、警部以上の無能な幹部は、新たなセクションを作って集中運用しながら目覚めさせるか淘汰するしかないですね」

「相変わらず過激な発想だが、案外、他人のふり見て我がふり直す結果になるかも知れないな」

その時、公安部から市民活動家の報告が届いた。

「極左系ですか。しかも相当質の悪いグループですね」

「陰湿な体質で対警察活動を繰り返すグループか。どうしてそんな連中と組む必要があったんだ」

「インターネットでしょう。奴らは言葉巧みに誘い込みますからね」

榎本は公安講習で学んだ極左勢力の組織図を思い浮かべていた。

「私は捜査二課が長かったから、極左暴力集団のことは詳しくないんだ。榎本係長は公安講習と警察庁の警備専科を受けているからその点は詳しいんだろうな」

「監察の半分は警部補までに公安を経験しています。今回のような最悪なシチュエーションを一応は想定した対応も考えています」

「すると、今回は公安部も巻き込んだ対応を迫られるわけだな。公安部で誰か連絡を取ることができる者はいるかい？」

「公安総務課調査八係長の山下直義です。数ヵ月前に知り合った男ですが、公安部内でも有名な存在の様子で、総監、副総監ともツーカーのようです」

「公安部にはいるんだよな、そんな男が」

そこへ広報課の庶務担当管理官が慌てた様子で入って来た。

「どうしたんだ？」

「西多摩署の女性警察官がマタニティハラスメントの被害を受けたとかで明後日午後一時に記者会見するとの通告がありました」

「なんだと、記者会見？」

「総監にも一報入れなければならないな。それ以上に、会見をやめさせる手立てを考えなければならないんだが」

訟務課長は額に噴き出した汗をワイシャツの袖で拭いながら言った。榎本が広報課の庶務担当管理官に訊ねた。

「通告をしてきたのは本人ですか？　代理人ですか？」

「市民団体で『女性の人権を守る市民の会』の代表と弁護士の連名で届きました」

「本人の名前は出ていないのか？」

「通告人は二人だけです」

「弁護士は？」

「東京第二弁護士会所属の竜造寺忠勝という弁護士で、かつて極左の人権センターに籍を置いていた男だそうです」

榎本は思わず腕組みをしていた。最悪のパターンになるのは確実だった。それを見越したかのように訟務課長が榎本に言った。

「監察で何か処分はできないのか？」

「警察官服務規程違反に問うことは簡単ですが、ことを大きくし過ぎては向こうの思う壺です。連中の目的は警察組織の弱体化ですから」

「不祥事の恥の上塗りということか」

「先方は流産とマタニティハラスメントとの因果関係を医学的に立証させる必要があります」

「しかし、向こうはその道のプロフェッショナルなんじゃないか？」

「先方の訴状を詳細に確認して、マタニティハラスメントがあったにせよ、相手の言いなりになるわけには行きません」

「まず、総監報告だ」

訟務課長は警務部参事官に電話を入れた。

「榎本係長、参事官が君も総監室に同行するよう言っている」

榎本はフッと深呼吸をして席を立った。訟務課長と共に十一階の警務部参事官室に入ると、参事官で人事第一課長の兼光将弘は腕組みをして自席に座わり目を閉じたままだった。

「相当機嫌が悪いな……」

榎本は仕草で課長の心の動きがわかるようになっていた。

訟務課長が言葉を発しようとしたのを、榎本がさり気なく右手を軽く訟務課長の二の腕に当てて制した。訟務課長もその意を理解して静かに深呼吸をした。

数秒後、兼光参事官はゆっくり目を開けて訟務課長に向かって言った。

「さて、どうしますかね」

「記者会見を抑えるのは困難です。その後の措置が大事だと思います」

「会見に対しては何か手を打っているのですか？」

「流産とマタニティハラスメントとの因果関係について記者に質問させる用意を始めています」

「なるほど、記事にさせない手筈は取れているのですか？」

その質問には榎本が答えた。

「大手六紙と通信社には通告済みです。二大夕刊紙も同様に了解を得ています。ただインターネットでどのように配信されるかが問題です」

「そうですか。市民団体の背後関係も承知の上ですね」

「彼らにとっては統一地方選に合わせた反警察キャンペーンの一環だと思います。公安部を交えた対策も必要と考えております」

「我々の記者会見は一時間半後ですね。それまでに対策を考えなければなりませんね」

「当事者の地域課長からの聴取は間もなく始めます。事実関係を確認したのちに早い時間に対応する旨の回答でお願いします」

警視庁本部の姿勢として記者会見をするのは警務部参事官の仕事である。警視総監や副総監が直接記者のマイクの前に立つことはない。かつて公安部長がある事件の終結に際して記者会見を行ったことがあるが、これはあくまでも公安部の意思であり、警視庁はもちろん警察庁の見解ではない。ただし、会見に対して異議が申立てられ、名誉棄損等の判決を受けた際には警視庁を監査する東京都公安委員会を管轄する東京都がその支払い義務を負うことになっている。

「記者会見と同時に総監のところには官邸から事実関係の確認連絡が入るはずだ」

「官邸は男女雇用機会均等法の厳守には一家言を持っていますから、法に則した対応が求められると考えております」

訟務課長は法律の専門分野に属しているだけに記者会見の草案も考慮して答えたが、参事官はさらにその上の法律名を出して言った。

「育児・介護休業法についても言及する必要があります。女性にとって流産というのは男にはわからない、肉体的精神的苦痛のようです。私の妻も最初にその経験をしていますから、その時の家族がどのように彼女に接したか……思い出すだけでも胸が締め付けられる思いがします。彼女を責めるのではなく、それに便乗しようとしている連中を責めるのです。榎本係長もその点はわかっているね」

兼光参事官は榎本の顔を見て穏やかな顔つきで言った。

「市民団体を標榜する連中がどうやって彼女に近づいたのか、というところも現在調査中です」

榎本の言葉を聞いて兼光参事官はゆっくりと席を立ちながら言った。

「総監もこの点に関しては敏感な人ですからね。言葉の一つ一つに気を付けて発言してくださいね。さて参りますか」

兼光参事官は予め総監秘書官に連絡を入れていたとみえて、総監別室入り口で警備に立っていたSPも三人の姿を認めると何も言わずに頭を下げて三人を中に通した。

「絨毯がグレーから赤に変わるたびに妙な緊張感がありますな」

訟務課長が兼光参事官に言うと、参事官は訟務課長を振り返ることなくポツリと言った。

「関係ないですよ」

警務部参事官というポストは日に何度もこの廊下を通っているのだ。榎本は訟務課長自身が珍しく興奮していることを悟ると共に「余計なことを言わないでくれ」と念じていた。

総監室前には秘書官の田中管理官がいつもの穏やかな笑顔で三人を迎えて言った。

「今、公安部長、公総課長、山下係長が入室しております」

「同件なのか？」

兼光参事官が訊ねると田中秘書官は穏やかに答えた。

「お三人がお見えになったら、同席するように申し受けております」

「さすが公安部と言いたいところだが」

榎本を振り返りながらそこまで言って、田中秘書官に向かって訊ねた。

「公安部はどのくらい前に入ったんだ？」

「今ちょうど二十分になったところです」

「長いな。我々の到着を待っていたわけでもなかろうに」

すると田中秘書官が驚くべきことをさり気なく言った。

「公安部は本件に関して二日前に予約を入れておりました」

これを聞いて兼光参事官は両手首を逆ハの字に広げて「参った」を示す動作を見せて言った。

「公安部ペースにならないようやるしかないな」

田中秘書官が総監室の扉をノックして三人の到着を告げると、中から小池総監の図太い声が聞こえた。

「おう、入ってこい」

兼光参事官以下の三人が総監室に入ると、応接用のソファーで四人が総監から向かって左側の三席を空けて話をしている最中だった。兼光参事官が小早川公安部長の前に座わり順次席に着いた。公安部と警務部の上席二人はそれぞれ一階級違っている。

「マタハラは事実なのか？」

総監が兼光にストレートに訊ねた。

「それは事実だと思っております」

「地域課長にもその認識はあるのだな？」

「現在聴取中です」

総監の表情は変わらない。

「市民団体のことは承知しているのだな？」

「極左系と聞いております」

「監察で対処できる事案か？」

「いえ、公安部に協力を依頼するつもりでした」

それを聞いて総監だけでなく公安部長も頷いた。総監がふと榎本を見て言った。

「監察が本件を知ったのはいつだ？」

「今朝、訟務課から連絡が入って知った次第です」

「それまで、この警視に関する内部苦情等はなかったのか？」

「以前、パワハラで内部通告があり、所属長注意処分を受けておりますが、その後は他の所属長から報告は入っておりません」

榎本への質問が続く。

「マタハラをする前に、何らかの通告はなかったのか？」

「所轄では古参の課長ですし、周囲も遠慮があったかも知れません」

「監察でマスコミ対策はできているのか？」

「主要なところは押さえておりますが、インターネットを止めることはできません」

「奴らがこぞって流す可能性があるからな」

「今回の市民活動家の背後関係は一部マスコミにもよく知られているが、警察の弱体化を狙っているのは極左だけでなく右翼も革命政党も同様だ。知らないのは一般市民だけだからな」

「監察と致しましても警察対策に関する指導は機会あるごとに行っておりましたし、昇任試験にも必ず出題するよう、人事第二課の試験担当管理官に申し入れを行っていました」

警察対策とは、国内の様々な団体だけでなく国家規模での対日有害活動などを含む警察の弱体化を狙った多様な工作をいう。このため警察は彼らの思い通りにならないように日頃からこのような国家や団体のみならず、彼らが自らの姿をカモフラージュするために作った市民団体や市民活動家をチェックしている。そして、その存在が明らかになった段階で警察職員に対してはリアルタイムかつ繰り返し、指導教養している。

「今回の市民活動家についても同様だな」

「今年の指導教養旬報にも掲載しておりますし、各所属に対しては教養の徹底を図るために所属長による訓材とするよう指示を出しております」

訓材というのは警察署ならば毎朝実施される朝礼で署長自身が行う「訓授」の素材である。

「それでも徹底できなかったということは、今回の女性警察官の行動は確信犯と考えていいということだな」

「昇任意識を失った警察官は多くおります。彼らの意識改革を行わない限り上意下達は困難かと思います」

「組織が大きくなりすぎるとそういう弊害も起こるということだな」

「今回は市民活動家を完全に無視しながら、被害者対応は粛々と進めて参りたいと思います」

「弁護士対策は訟務課でできるのか？」

総監が訟務課長に話題を振ると、訟務課長は驚いたような顔つきで言葉に詰まった。総監は怪訝な顔つきで訟務課長を見た。兼光が言葉を発しようとしたが総監がそれを手で制した。訟務課長がゴクンと生唾を飲み込んで、額に浮き出た汗を拭きながら答えた。

「訴訟となれば受けて立つ覚悟でおります」

今度は総監が驚いた顔になった。思わず兼光が訟務課長に小声で言った。

「そういう問題ではなく、市民派弁護士と称する相手方に対してどのように応じるか、ということです」

「たとえ相手が何者であろうとも、正々堂々と闘います」

総監が顔をしかめた。公安部長も腕組みをして目を閉じた。山下が榎本に目配せした。その眼は「大丈夫か？」と言っていることが阿吽(あうん)の呼吸で伝わった。

公総課長が口を開いた。

「裁判を受けて立つのは当たり前のことですが、敵の目的は地域課長ではなく、警視庁本体なのです。一人の誤った行為を警察全体の問題としてアピールしてくることは明らかです。これにどのように応じるか、ということが大事なのです」

訟務課長は公総課長の言うことはわかっている様子ではあったが、どう答えていいのかパニックになっているのが榎本にもわかった。

「弁護士対策については、当庁にも提携する弁護士がおりますので、その中から対応できる弁護士を選任したいと考えております」

「対応できる弁護士とは？」

「まず、マタニティハラスメントの訴訟経験がある弁護士の中から……」

訟務課長の回答を公安部長が遮って言った。

「訟務課長、根本的なところが間違っているんだ。公安事件を扱っている弁護士の中から組織防衛を図りながら事案に対処するということなんだよ」

「組織防衛ですか？」

総監が表情を変えることなく兼光に目配せをした。兼光が話を引き取った。

「訟務課長には私から伝えておきます。今回の事件は監察にもフル回転してもらわなければなりませんが、公安部とタイアップが必要と考えます。さらに記者会見が公式に発表された段階で官邸も動き出すと思われます。総理ご自身からの連絡はないにしろ、官房長官からの質問は覚悟しておかなければなりません」

公安部長が頷きながら言った。

「官房長官は警察には好意的ではあるが、不祥事には極めて厳格に対応される方だ。おそらく今回も国家公安委員長経由ではなく直接報告を求めてくるはずだ。それも秘書官を介さずに。その際の答弁責任者を決めておく必要がある。兼光、お前がやるか？」

「総監のご承認があればそうしたいと考えております。広報責任者という立場ではなく、警務部の代表として対処したいと思います」

総監は兼光の顔を見て即答した。

「お前に任せる」

公安部長がゆっくり頷いて榎本を見ながら言った。

「ところで榎本係長、現時点での監察の落としどころはどの点を考えているんだ？」

榎本はいきなり結論を求める公安部長の姿勢を山下係長から聞いていただけに
「はい」と答えて、一呼吸おいて説明した。

「マタニティハラスメントを受けたと主張する女性警察官の夫もまた警察官です。夫の意見も聞かずに今回の行動に出たとは考えにくいと思います。マタニティハラスメントの事実関係の確認と並行して、警察組織を頼らずに反警察団体に情報を提供した背後関係を早急に聴取し、懲戒処分の対象として監察して参りたいと思います」

「夫婦揃って懲戒処分の対象とするのか？」

「そのつもりです」

公安部長は頷きながら総監に目を移した。

総監も頷いていた。

山下は「正解」というつもりなのか、表情を緩めて一瞬目を見開くようなアイコンタクトを榎本に送ってきた。

「兼光、意見は？」

「基本方針はそれでよいかと思います」

「地域課長が起訴になった場合には、彼にも懲戒処分を行わなければならないが、その時はどうするつもりだ」

「流産との因果関係が認定されることになれば小さな生命を奪った罪は大きくなります。その点を慎重に勘案すべきと心得ております」

「複数の医療機関に依頼するのか？」

「その必要性を考えております。現在、適任者を選考中です」

その時、田中秘書官が総監室のドアをノックしメモ書きを持って総監に手渡した。総監は穏やかに「回してくれ」と答えて、同席している六人を見て言った。

「おいでなすった。官房長官直々だ」

訟務課長は思わず姿勢を正したが、あとの五人は何事もなかったかのように、総監室内を見回していた。総監が受話器を取った。

「小池でございます」

「今、内閣情報官から速報が入ったんだが、警視庁内でマタニティハラスメントがあって、被害者が記者会見するようだが」

「承知致しております。ただ、今回の記者会見にはバックグラウンドがございまして、この内容を全て鵜呑みにするわけには参りません」

「問題ある組織が関わっているということか？」

「さようでございます。詳細は記者会見前に当庁の警務部参事官に報告させますので、ご了解願いたいと思います」

「そうか。総理はこういう問題を嫌がるからな。事実とそうでない部分を正確に報告してもらいたい。今日の午後の私の記者会見でも質問が出る可能性があるからな」

内閣官房長官は一日に午前と午後の二回、記者会見を行うことが慣例となっている。会見では記者からの質問に答える場合も多く、会見に参加する記者もオープンになっている。記者の中には反警察的立場の者も含まれているため、警察不祥事に関して官邸の意見を求められることも多い。

電話を切ると総監は一言「聞いてのとおりだ」と言って会議を終えた。

総監室を出ると山下が榎本に言った。

「監察の情報も早かったわけですね」

「今朝ですよ」

「今朝？　うちは二日前に情報を得ていたのですが、あの女警は敵にすっかりガードされていて、会うことができなかったんですよ。所轄に出勤状況を確認したところ無断欠勤だそうじゃないですか」

「そうなんですか？　うちには何の報告もないですよ」

「監察が入ると、監督責任を問われるのを気にするからでしょう。事後承諾という形を取りたかったのかも知れませんね」

「組織ぐるみで隠蔽工作ですか、先が思いやられます。ところで不躾な質問で申し訳ないのですが、公安部はどの筋から今回の情報を入手できたのですか」

「相手方にいるエスからですよ」

「そんなところにも協力者がいるのですね」

「うちとしても大事にしている者です。今回は女警の方から救済を申し入れた形になっているようですよ。といってもインターネットの相談コーナーを利用してのものだったようですが」

女警はインターネットサイトに対する警戒心はなかったのか。榎本は苦々しく思った。

「やはりネットですか。そのサイトのデータは押さえているのですか？」

「もちろん、令状を取ってうちで入手しています」

榎本は公安部の仕事の早さに舌を巻く思いだった。榎本が頷いていると山下係長が訊ねた。

「所轄の課長が不始末をしでかした時には署長、副署長にも監督責任が出てきますよね」

「そうなるでしょうね」

「あの署長はいい人なんですよね……運がないとしか言いようがないなあ」

「引責される方のほとんどが自らに非がない方が多いのですが、誰かが責任を取らなければならないのが社会の掟というものでしょう。監察としてもそこが一番つらいところですよ。ただし、引責処分は公務員法に乗っ取った免職、停職、減給、戒告の四処分ではなく、悪くても訓告ですから、人事記録には登載されません。一、二年の辛抱というところです」

榎本は過去に引責処分を受けた諸先輩の顔を思い出しながらしみじみと答えた。

「その、一、二年が実際には大きいんですよね。特に警視正を目指している方々にとっては」

山下は西多摩警察署長と面識があるらしく悔しそうに言った。榎本は静かに頷きながら話題を戻した。

「ところで、市民活動家グループと今回の女性警察官にこれまで接点はなかったのですか？」

「今、各種データを解析している途中です。ただ、一部の分析結果では過去に接点がある可能性が示されていたので、詳細に分析を行っているところです」

「やはり確信犯ということでしょうか？」

「現時点では否定はできないとしか言いようがありません。監察は彼女に出頭命令を行うのですか？」

「現在、本人に連絡している最中ですが、まだ取れていないのです。夫の身柄は確保した様子で間もなく聴取が始まる頃だと思います」

「二人の採用時からの成績はどうなのですか？」

「二人ともさほど目立つ存在ではありませんが、そんなに下位ではありません」

「巡査長と巡査ですよね。昇任意欲は全くないのですか？」

「夫のここ五年間の巡査部長昇任試験の一次試験の点数を見る限り、勉強をした形跡は認められませんね。妻は二度しか受験していませんので、何とも言い難いです」

「巡査部長昇任試験というのは法律知識というよりも社会常識を求めていると思うのですが、社会常識の欠如も認められるのではないでしょうか？」

「所轄に長くいると、仕事をしなくても給料は出るわけで、二八の原則ではありませんが、二割はどうしようもない連中がいることは確かです。四十歳を過ぎてなお巡査長というのは所属長推薦にもなっていないわけですからね。せめて事故さえ起こさなければ御の字……という存在でしょう」

二八の原則。ある程度の大きな社会で起こる現象であるが、懸命に仕事をしているのは二割で、残りの八割は適当にしているだけの存在と言われている。さらに八割の中の下位二割は全く仕事をしていない、もしくは足を引っ張る存在とも言われている。

「所轄には多いからなあ。地域の各係に三人はそういうのがいましたからね。私も分限を課長代理に進言したことがあるのですが、その課長代理も下の二割組でしたから、推して知るべしでした」

榎本は山下の言わんとすることがよく理解できた。榎本自身、どうしようもない上司の下で仕事をしたことが何度かあったからだった。

「警部以上にも、なんでこんな奴が、というのはたくさんいますからね。年功序列ではない試験制度を乗り越えた者の中にも、順応性と適応能力がない者がそれなりの数存在するのは情けないことです」

「たまに、なんでこんな奴が署長なんだ、と絶句してしまうような奴もいるでしょう。あれは人事のミスとしか言いようがない。警察の信頼を打ち壊すような人事は考えてもらいたいものですね」

「同僚の悪口になるから、その回答はノーコメントとしておきます。ただ、否定はしませんよ」

榎本は苦笑いをしながら山下と別れた。

デスクに戻ると榎本配下の四人の班長が監察官席の脇にある応接セットに腰を掛けていた。彼らは榎本の顔を見るなりホッとした様子でデスク前にやってきた。

「総監室に呼ばれていたんですか？」

津田主任が最初に口を開いた。

「そうだけど、首席と監察官はどうした？」

「参事官室控室で待機しています。それより、今回の事案はそんなに大ごとなのですか？」

四人は興味津々の表情で榎本の言葉を待つ。

「まあ、流行の最先端というところかな。マスコミも発表のチャンスを窺っていることは間違いない。被害者の夫は誰が調べているんだ？」

「竹林主任です。竹内主任が補助者です」

「いいペアだな。女性の立場から話を聞くことが大事だ」

「なんだか、のらりくらりした野郎ですよ。大問題になる理由がわからないという感じです」

「四十過ぎまで交番一筋なんて何の自慢にもならない。それが一所属に十人以上はいるのだから、意識改革は難しいものだ」

「班長と言えば、本部では警部補ですが、所轄じゃ巡査長ですからね。勘違いしてしまいますよ。マル機の組長と同じですけど」

「組長か。ヤクザじゃ親分だが、マル機じゃ下から二番目ということか」

マル機、機動隊のことである。警視庁機動隊は十個隊あるが、それぞれのトップが隊長、副隊長、中隊長、小隊長、分隊長となり、分隊長以下の一般隊員のトップを組長と呼んでいる。

「警察で高卒、大卒はほとんど差がありませんからね」

「高卒で入って夜学に通って大卒資格を取るのが巡査部長昇任試験では一番早く受験できるからな。それから一発で受かった人を何度も見ている。それに比べて一応大卒とは言いながら、後輩の高卒にどんどん抜かれている仲間も数多く見てきている。何のための大卒だったのか。高い学費を払ってもらった親に合わせる顔がないだろうに」

「ほとんどが私立ですからね。今回の夫もまさにその類ですが」

津田は情けなさそうな顔をして言った。榎本も頷きながら答えた。

「確かに階級だけで判断してはならないが、向上心を失った者はそれがあらゆる面に出てくる。たとえ巡査長でも私服の刑事としてガンガン仕事をやっていれば、必ず誰かが手を差し伸べてくれる。交番でも一緒だが、交番は若い血がどんどん入ってくるからな。あっという間に置き去りにされてしまう。それを気付かせてやるのが幹部の仕事なんだが、だいたいの場合には手遅れになっているんだ。せめて性格がよくて後輩の面倒見でもよければ別だが、そういう者はまずいない」

「私は、何人かのいい班長に助けてもらいましたけどね」

「僕もそうだよ。巡査部長時代にいい班長に可愛がってもらった。若い部長同士で競争しながら仕事をしたものだったよ。そんな時には必ずいい係長がいてさ、みんなその気になって仕事をしたな。当番で寝るなんて一度も考えたことがなかった」

「係長は所轄の課長代理の時も寝なかったと聞いていますよ」

「指揮官が寝てしまっちゃ意味がないだろう。その代わり、外に出っぱなしでもだめだ。パトカーを使っての巡視ももっての外。最低でもバイク。できれば自転車で回ればいいんだ。バイクじゃ職質できないからな」

「代理が職質検挙なんて、滅多にないですよ」

「そんなことはない。麹町でも四人の代理がそれぞれ月に一件は何らかのホシを挙げたものさ」

「麹町で、ですか？」

「僕が靖国神社境内で覚醒剤をやっていた右翼をパクった時は大騒ぎになったよ」

「そういう環境で仕事ができると若い連中は刺激になりますよね」

「刺激を与えるのが幹部の仕事だろう。カンフル剤にもなれば劇薬にもなる。どこか監察と似ているような気がするよ」

榎本が笑って言った。

「監察が劇薬になるのですか？」

「そりゃそうだろう。引責を押し付けてしまうんだからな。運が悪かっただけで済ませてしまってはならない。打つべき手を打っていたか否かが判断材料になるわけだからな」

「不可抗力では処分はされない、ということですね」

「だから分限に至らない、その所属に限る処分があるわけだ。ただし、キャリアの場合はそうじゃないからな。部下の非行事案一件で将来が完全になくなることだってある。だから厳しい人一課長が就任した時はとことん処分される事態もあるんだ」

「しかし、懲戒処分の指針がありますよね。それでもトップの判断ひとつで処分内容が変わってしまうのですか？」

「懲戒処分の指針には非行事案の種類に適応する処分が示されてはいるが、その範囲は示されていないだろう。どこまで広がるかを決定するのは最終的には任命権者である警視総監の判断だが、実質的には人一課長というわけだ」

　懲戒処分の指針とは警察庁が国家公務員法、地方公務員法の懲戒処分要件を警察官用に改編した法令であり、警察職員に対して行われる懲戒処分の根拠法となっている。

「今回は社会的影響も大きくなりそうですし、総監もご立腹ということのようですから、処分の範囲も広がる可能性が大きいですね」

「第一次判断を下すのは我々だ。公正にやっていくしかないが、反警察集団を巻き込んだことによる処分も考えておかなければならないことは確かだな」

「すると警備課長、公安代理までも処分の対象ということですね」

「最低限度、そこまでは行くことになるだろうな。公安部と方面本部から警察対策の教養実施結果まで調べなければならない」

「方面本部も処分の対象に入りますか？」

　津田が驚いた声を出した。榎本は冷静に答えた。

「所轄を監察する機関が方面本部だから、どの程度まで厳正にチェックしていたかが判断材料になる。ただの月光仮面では存在意義が問われてしまうからな」

　月光仮面、所轄では方面本部のことをそう呼んでいる。若い世代は月光仮面の存在そのものを知らない者も多いが、当時のテーマソングの歌詞「疾風（はやて）のように現れて、疾風のように去っていく」というフレーズは、警視庁内の所轄では未だに使われているようだ。

方面本部の随時監察はひと所属につき、年に数回行われる。交番と本署、待機寮に同時に踏み込む。待機寮の門限破りが方面本部に見つかった場合、翌年の昇任試験は必ず落とされるとも言われるほど厳しい。ただし、やむを得ない理由で門限に遅れそうな場合には、本署の宿直宛てに一報さえ入れておけばセーフになるが、その際に飲酒を伴った場合にはアウトになる可能性が高い。

それだけ権限を有している方面本部であればこそ、人事の監察は厳しい目を向けなければならないのだ。

「そのうち、監察にも監察がつく時代が来るかも知れませんね」

津田が笑いながら言うと、榎本が真面目な顔をして答えた。

「その時は警視庁が終わるときだ。監察は常に自助努力をしていかなければならないが、万が一にも監察で非行が起こった時は全員が総辞職するくらいの覚悟が必要だろう。監察組織に対する帰属意識があれば非行は避けることができる」

「帰属意識ですか。確かに、仲間を巻き添えにするようなことはあってはならないですからね」

「清廉潔白とまではいかなくとも、限りなくそれに近い生活をしていればいいのさ。そして、正直に生きることだ。誰だって様々な欲はあるし、それを否定はしない。むしろ、欲がなければ勉強もしないし階級も上がらない。ただ、警察官の枠を超える願望は持たないことだな。人事係の大竹（おおたけ）主任のように、嫁さんが大金持ちでフェラーリに乗っているような者もいるけど、それはそれ、人は人。羨むような考えは持たないことだな」

津田が感心してこう漏らした。

「係長はその年齢ですでに達観しているかのようですね」

「結婚を控えて年貢を納めただけだよ」

「そのことですか」

津田が思わず笑った。

翌朝、榎本は泉澤班、津田班の十人を伴って西多摩署の講堂で該当職員に対する聞き取り調査を始めた。五人ずつ一人一時間を割り当てていた。聴取内容は予め詳細な打ち合わせを終えていた。

地域課長はこの日も本部で聴取が続いていた。

所轄では地域課課長代理の本村輝夫に対して榎本が監察を始めていた。榎本はこの四十一歳の公安部出身の警部がキーマンになるであろうと予測していたからだった。警部試験の成績は上位二十パーセントに入っており、警部補時代の勤務評定も高かったからだ。

「本村代理、時田女警に対するマタニティハラスメントの件は地域課としてどのような対応だったのでしょうか？」

「彼女に対して、地域課の誰も直接マタニティハラスメントに該当するような言動を行った覚えはありませんし、そのような誹りを受けるいわれもありません」

本村代理は毅然と答えた。そこには公安部出身の確固とした自信がみなぎっていた。榎本は言葉を選びながら慎重に聴取する必要性を感じ取っていた。

「直接はなくとも間接的にはあるわけですか？」

「栗山課長は二度目の出産に対しても寛容に対処されていたと思います。冗談交じりで『産めるうちに産んでおけ』と笑って言ったことは記憶していますが」

「本人に対して、また妊娠したのか、というようなことは言っていませんでしたか？」

「確かにそのような言い方はなさいましたが、その後で『まあいい、めでたいことだ』とおっしゃって先ほどの台詞が出たと記憶しています」

「三度目はどうだったのですか？」

「三度目は本人と直接会っていないと思うのです」

「そんなはずはないんですけどね。訴状によれば他の職員の面前で蔑むようなことを言われたとなっています」

「いえ、私の知る限りそのような事実はありません」

本村はきっぱりと言い切った。榎本はふと首を傾げて改めて訊ねた。

「三度目の時には課員の前で彼女に対して嫌味等を言ったことはないのですね」

すると本村が「ウーン」と唸った後で、身体をやや乗り出すような姿勢になって言った。

「そう思います。ただ、彼女に直接ではないのですが、彼女の三度目の妊娠を担当の上司である地域第三係長から事実報告を受けた際に、課長が係長を怒鳴ったことがありました」

「どうして係長を怒鳴る必要があったのでしょう？」

「やはり、時田女警の日頃から見られた非常識な行動に原因があったのだと思います」

「非常識な行動というのは？」

「着任当時から自己主張が強く、その割に勤務実績はほとんどなかったですからね。そんな女警が妊娠するたびに、さも当然のように休暇等の申し入れをしたことには、課長だけでなく、地域総務の先輩女警も眉をひそめていたものですよ」

「それと、妊娠の報告には因果関係がないのではないですか？」

榎本が厳しく言い放った。

「確かにそうですが、係長に対しては部下に対する指導、教養をしっかりしておくようにとの意図があったのだと思います」

本村が額に浮き出た汗をハンカチで拭きながら答えた。榎本が訊ねた。

「正直に答えて下さい。時田女警の考課表が最下位であることは、こちらもすでに把握済みです。これに対して指導、教養の不足と管理が行き届いていないということで叱責するのならば理解できるのです。しかし、彼女はこの二年半の間一切、勤務をしていない。すると、職務に対する指導、教養とは別の意図があるのではないですか？」

「ですから、最初の出産から今日まで、地域課のトップである課長に、直接何の報告もさせなかったという係長の姿勢に対して叱責したのだと思うのです」

本村の汗は止まらない。

「あくまでも時田女警の三度目の出産に対する叱責ではなかったのですね」

「うーん……全くなかったとは言い切れないかも知れません。ただ、栗山課長だけでなく課内の多くの職員にとっても『また休むのか』というような思いで受け止められていたのは確かですから、阿吽の呼吸というか、課内の多くの者が課長の係長に対する叱責をそのように受け止めた可能性は否定できません」

榎本は本村代理の答えに彼の優秀さを感じていた。決して直属の上司である栗山課長の非を認めない布石を打っているのだった。

「なるほど、それならば二年連続の最下位の評定後、二年半の出産休暇に入ったことで、時田女警の仕事に対する姿勢を問うこともできたと思うのですが、如何でしょう？」

「現場を四年以上も離れると、システムが全く変わってしまいます。下手をすれば卒配の新人以下の立場にもなりかねません。その点に関しては様々な執務資料を本人に届けていたのです。かといって、その効果測定をするほどこちらとしても余裕はないのが実情です。本部、それも監察の方ならそれくらいのことはお分かりではないですか？」

今度は本村が泉澤に立場を変えて迫ってきた。榎本は余裕をもって答えた。

「今、別チームが九本での監察結果を調査中です。長期休職中の職員に対する指導、教養結果実施簿もチェックしていますから、その結果を確認してお答えします」

「九本にも監察が入っているのですか？」

九本、第九方面本部の略称である。警視庁は第一から第十まで「方面」という区域に分かれ、ひと方面が七警察署から十四警察署を統括している。ちなみに二十三区内が第一から第七方面と第十方面、多摩地区が第八、第九方面となっている。

さすがに本村代理も驚きを隠すことができなかった。榎本が穏やかに答えた。

「本件はすでに警視庁だけの問題ではなくなっているのです。警察庁さらには首相官邸からも早急な実態把握と事実確認の指示が届いているのですよ」

「首相官邸ですか？」

「男女共同参画は、現首相が唱える重要案件のひとつですからね。そこにお膝元の警視庁でハラスメントがあったとなれば知らない顔はできないでしょう？　国会質問になる可能性もあるし、そうなれば都議会も黙ってはいないでしょう。我々も総監命で動いているんですよ」

本村は事の大きさにようやく気づいたように深くうなだれた。それを見た榎本は言った。

「警察が男職場であることは誰もが認めるところです。だからと言って一割にも満たない女性職員をないがしろにすることはできません。おまけに労働三法の適用はなく、中でも労働組合がないのですから、内部で堂々と意見を言うことができる場を作っておかなければならないのです」

「いくら士気研や職員協議会をやっても、本音を言う者など誰もいませんよ。本部だってそうでしょう？」

「いえ、うちは建設的な意見に関しては階級関係なく言いたい放題言っています」

士気研とは昭和四十八年から警視庁本部に設置された、警視庁職員士気高揚総合対策委員会の趣旨に基づき、本部以外の所轄で行われる士気高揚対策研究会のことである。

本部の総合対策委員会設置の目的は、組織、機構、人事管理、福利厚生、規律の保持、業務の省力化、都民応接の向上等を総合的に調査、研究、審議することにより、職員の誇りと使命感を醸成するとともに、都民の信頼を得られるような執行務を行うため、本部、所轄とも毎月一回、選任された委員が各係から提出された様々な意見を討議し、本部に報告する。

「建設的意見ですか。でもね、所轄では多くの場合で建設的意見は組織に対する不満と捉えられるじゃないですか」

本村代理は怪訝な顔つきになって答え、さらに榎本の顔色を窺いながら付け加えた。

「しかも、本部の報告先がヒトイチでしょう。いくらその窓口が制度調査係だと言っても、他県の場合は監察が窓口になっているわけですから、そうそう要求を出すことは躊躇されますよ」

「制度調査という部門が警視庁の事務分掌に掲載されていない点は僕も問題があると思いますが、士気研の意見に監察がとやかく口を挟むことは一切ありませんよ」

制度調査とは、組織上の問題点等について様々な意見を全ての部署から吸い上げて具象化するセクションであり、理事官級の警視が制度官として担当している。制度調査の存在は士気高揚総合対策委員会の設置に関する通達にも、その窓口は人事第一課の制度調査係と示されている。

「一般的に、士気研が設置された段階で制度調査ができたと考えていいと思います。本来なら総務部の企画課にあっていいものなのでしょうが、設置時からそう指定された背景には、他道府県の組織構成を勘案したものだと思います」

「なるほどね。ただ、ヒトイチと公安は一般警察官から見ればわからない組織なんですよ。特に監察には公安部出身のエリートが多く集まっているでしょう」

「それはやむを得ないことだと思います。監察は秘密裏に動く必要がありますし、それを警視庁内でできる組織は公安部しかありませんからね。本村代理も元々は公安部じゃないですか。次期異動の際には公安部に戻られるものと思っています」

榎本が言うと本村代理は急に頰を緩めて答えた。

「それは何とも言えませんよ。公安部の派閥争いはもの凄いですからね。私のように派閥に入らずキャリア課長の下で動いていた者にとっては、派閥の連中は冷たいものですよ」

「あの課長は必ず公安部長で戻ってくる方ですし、警察庁でも人事企画官の要職ですからね。警視正以上の方々を敵に回すことはしませんよ」

地方警察官でも階級が警視正になると「地方警務官」という立場になり、身分も国家公務員となる。彼らの都道府県警察内の人事は各都道府県で決定されるが、警察庁人事が優先されるため、警察庁人事を睨みながら決定される。しかも地方警務官の人事は逐次報告されるため、警視庁筆頭所属長の人事第一課長といえども気を遣う人事になる。

「あの方優秀な人ですからね。私も運が良かったと思いますが、今回の事件で何らかのレッテルを貼られてしまうでしょうから、人事企画官に迷惑がかからなければいいのですがね」
　榎本は本村代理の心配の要因がそこにあることにようやく気づいた。
「人事企画官に迷惑がかかることはないと思います。それよりも、本件に関しては
マタハラ事案も重大な案件ではありますが、これに反警察を標榜する市民活動家が
介入した背景の解明の方もまた重要なのです。これは貴署だけで済む話ではありま
せん」
「採用時以前の問題だったのではないのでしょうか」
「その可能性も否定できませんが、反警察グループによる引き寄せ工作に引っかか
った可能性もあります。特にインターネットの世界では顔が見えない分だけ、何で
も話してしまう傾向がありますから、彼女が使っていた自宅のパソコンを解析して
みる必要もあります」
　引き寄せ工作とは革命政党や極左集団等が警察の弱体化を狙って警察官に巧みに
接触し、自分たちの味方に仕立て上げる手口を言う。
　本村が伏し目がちに榎本に訊ねた。
「今、時田女警はどこにいるのですか？」
「今日の早朝、都内のホテルに潜伏しているところを発見し身柄を確保しました」

榎本は担当上司に連絡を入れなかったことに一瞬気まずさを覚えたが、組織防衛の意味合いから止むを得ない判断だと思い直して答えた。

本村はやや慌てた様子で身を乗り出しながら訊ねた。

「強制ですか?」

「いえ、限りなく強制に近い任意ですが、特別な法律関係に基づくもので、違法ではありません」

「かつての特別権力関係というやつですね」

榎本は回答する代わりに小さく頷いて言った。

「先ほどから時田女警に対しては、マタハラを問う以前に実績低調者という認識が強かったような印象を受けるのですが……」

「それは二年連続実績最低者ですから、課員全員の認識であったと思います。その割には言いたいことを言っていましたからね」

「士気研の委員ではなかったわけですね」

「もちろん。各係内の互選とはいえ、ああいう者を委員にしてしまったら係の評価も下がってしまうことは誰もが知っていることです。確かに誰もやりたくない仕事ではありますけどね」

本村の言葉に榎本が訊ねた。

「そういう勤務実績が伴わない女性警察官が、出産と休暇を繰り返すことに対して、面白くないとか、嫌悪が組織の中で無意識に広がっていた……ということを感じることはありませんか？」

「それは誘導尋問ではありませんか？」

本村はすかさず反問した。榎本は多分にその意図はあったものの、これをやんわりかわすように言った。

「誘導とかいう次元のものではなく、実績低調者に対する係員が持つ感覚というのは往々にして似通っているのです。特に若い警察官や新任の初級幹部には多く見られる傾向です。職務に対する燃えるような情熱を持っていますからね」

「すると、我々は情熱を失っている、とでも？」

「失っているとは言いませんが、おざなりになりかけているのは事実ではないでしょうか。現に、分限処分の認定も行った事実がありませんからね」

「分限は最後の手段でしょう。それまでにできるだけの手を打つ必要があります」

「それを彼女の考課録に何か残していますか？　やった、やったといくら言っても形としてそれが残っていない限り、信用することができないのは公安部を経験されている本村代理にはおわかりのことだと思いますが、如何でしょうか」

本村は両手の拳をギュッと握ったが、その眼には強い輝きがなかった。一瞬、榎本と視線が合ったものの、本村の方から右下方にそれを逸らして言った。

「実績低調者の実績を上げさせるよりも、若い連中を動かす方が、結果的には有効なんですよ。前者は後者の数倍の労力を必要としますからね。そうかと言って、私が直接指導することもなかなかできない。おまけに女性警察官に対して男性警察官が同行警らすることも難しいし、夜間であればなおさらです」

本村は強い口調で反論を続けた。

「職務質問だけでなく、巡回連絡の裏取りもやらせましたが、飛行機巡連でした」

飛行機巡連というのは、実際に訪問することなく所在の有無だけを確認する、いわば「飛ばし」の巡回連絡で、方面本部や地域総務係の監察対象となる不適切な職務行為だった。

「その理由を尋ねると女警が一人で個々の家を訪問することを怖がっているという事実もあるのです。男一人暮らしの世帯も多いのですよ。職質と巡連、その二つができなくて地域警察官は務まらないでしょう？　分限以前の問題として、きちんとした教養や指導方法を周知させる方が先決なのです」

本村の意見はもっともだった。榎本も地域代理を一年間経験していただけに現場の苦労を十分に承知しているつもりだったが、勤務した麹町署では地域の女性警察官は交番で宿直勤務に就くことはなかった。さらに、麹町署は日本警察の筆頭警察署であるだけに、優秀な職員が集まっていたと言っても決して過言ではなかった。

「本村代理のおっしゃることはよくわかります。ただ、現在のままでは何の解決にもならないような気がします。改善に向けた具体的方策を貴署だけでなく同様な悩みを抱えている方面内課長会議や所属長会議に提案してもよいのではないでしょうか？」

「榎本係長、私も一方面、三方面、六方面、九方面と勤務しています。六方面は東綾瀬、そして九方面がここ西多摩と都内でも有数の非安全地域を担当しているのです。一方面は丸の内でしたが、そこと東綾瀬、西多摩では住民の質、対警察感情が全く異なるのですよ。女性警察官を一人で警らや巡回連絡に出すことさえ危うい地域なんです。だからと言って『仕事をするな』とも言えないでしょう。どうすりゃいいんですか？　女警を一人預かるごとに、これに警護員でも付けますか？」

榎本は一瞬言葉に詰まった。東京がいくら安全安心な街だと言っても、悪い奴は人口に比例して多いのだ。女性警察官が襲われるということも十分に考慮しておかなければならない。一方で男女雇用機会均等法を盾に一部の女性職員は対等な勤務条件を要求しているのも事実なのだ。

「何かあってからでは遅いですからね。現場の意見は私からも人事二課、企画課に通告しておきます。さて、それよりも本題です。時田女警に対するマタニティハラスメントの有無の問題をはっきり致しましょう」

「オール、オア、ナッシングで言えば、ナッシングではなかったでしょう。人の痛みがわからないように、彼女がどれだけ傷ついていたかについて考えたことは、私自身ありません。考えようともしなかったと言ってもいいでしょう。背景は先ほどからお話ししたとおりです。ただし、それはマタニティハラスメントの故意ではなく、実績低調者に対する嫌悪があったからです」

「マタニティハラスメントではない……ということですか？」

「人の出産を喜ばない男はいないと思いますよ。女性はわかりませんが。日本の人口が減ってきているこのご時世ですからね。私だって子供は三人くらい欲しかったですよ」

本村が妙にしみじみと答えた。榎本が訊ねた。

「失礼ながら、本村代理、お子さんは？」

「娘二人です。小学校の五年と三年です。榎本係長はどうなんです？」

「僕はまだ独身です。そのことに関しては何も語る資格がないのです」

「警部試験の面接で結婚について何か訊ねられませんでしたか？」

「聞かれましたよ。交際中の女性と結婚予定である旨は伝えました」

「それは虚言だったわけですか？」

「いえ、来年までには結婚しようと思っています。彼女も働いていますし、転勤もありましたから、結婚で彼女のキャリアを奪うわけにもいかなかった、というところです」

急に世間話になってしまったのが自分でも可笑しく、榎本は笑いながら言った。

「男性警察官がマタニティハラスメントというのは考えにくいことかも知れませんね」

本村の表情にもようやく安堵の色が見え始めていた。

「ハラスメントというのは意図的であろうがなかろうが、相手の受け止め方ひとつだと思うんですよ。時田の場合も自分が仕事ができないことを自覚していたと思います。一方で旦那もまた仕事より趣味に生きているようだと、前任署からの引き継ぎ記録に書かれていました。やり場のないストレスが被害者意識を強めた感があります。ただ、先ほども申しましたとおり、マタニティハラスメントに関しては決してゼロではなかったことは認めざるを得ないのは確かです」

榎本は頷きながら本村の言葉を借りて質問を変えた。

「やり場のないストレスが反警察に向いてしまった、ということは考えられませんか？」

「反警察ですか。そこまで感じたことはありません。と言っても私自身、彼女に会ったのは一度だけですから何とも言い難いのは事実ですが」

「公安部出身として、彼女が反警察的組織のメンバーである市民活動家にコンタクトを取った理由をどうお考えですか？」

榎本が訊ねると、本村が思わぬことを言った。

「実は彼女の人事記録を精査してみたんですよ。彼女は長崎県出身で彼女の高校の先輩に女性国会議員がいるのですが、それが岡山瑞枝なんですよ」

「岡山瑞枝というと、あの極左参議院議員ですか？」

「そう。夫は九州オンブズマンのリーダーで活動家弁護士の斎藤雄二です」

「しかし、年齢は二回り以上違いますよ」

「母親が同級生なんですよ、岡山と。時田の実家近くには公立高校はそこしかありません。一族郎党、ほとんどその学校を卒業しているのです」

「代理はどうしてそこまで調べたのですか？」

「ハム出身の勘とでも言いましょうか、若い実績低調者に関しては採用時の周辺調査結果を確認してもらったんです」

「四親等分、全てですか？」

「そうです。長崎県警の公安に記録が残っていますからね」

「さすが、公安ですね」

警察官を採用する際には厳しい周辺調査が行われる。四親等内の親族に犯罪者や反警察対象者が含まれていないか、高校、大学時代に反社会的な組織団体に加入していなかったか等である。しかし後者の実態把握については地元の公安係の能力に大きく左右されるため、時にはとんでもない前歴を持った者を採用してしまうこともある。その際には、警察学校時代に排除するのだが、未だに警察に潜入しようとする組織団体が多いのは事実で、根こそぎ排除できているのかは疑問である。

「そこがハムの強みでしょう。人事の監察も優秀ですが、何といっても数が違います。おまけにハムには全国一体の原則というものがありますからね。情報交換は容易ですよ」

か？」

「それで、長崎県警は時田女警の母親と岡山瑞枝の関係をどう見ているのです
「時田が警視庁に入った後で、母親は岡山瑞枝の後援会に入っています」

「なんですって？」

「私は、今回の市民活動家との接点は母親経由ではないか、と見ています」

榎本は唸らざるを得なかった。

「公安部は岡山瑞枝の周辺もチェックしているのですか？」

「一時期身柄を取ろうか、というところまで行っていたんですよ。児童手当の不正
受給でね。ところが上から待ったが掛かってしまったんです」

「政治の駆け引きに利用されてしまった、ということですか？」

「どうやらそのようですね」

「マタニティハラスメントがとんだ方向に発展してしまいそうですね」

「我々もきちんと調べてみます」

榎本以下十一人が西多摩署を出たのは執務終了時間の午後五時十五分だった。十
一人で二十人の職員から聴取を終えていた。

榎本が本部に着いたのは午後七時近かった。人事一課の各デスクはまだ全員が仕事をしていた。

榎本は直接の上司である監察官に報告に行った。

「おう、榎本係長、所轄の雰囲気はどうだった？」

「否定はしませんが積極的ではなかった、というところで一致しています。二十人から聴取した結果ですから、ほぼ一致した感覚だったと思われます。ただ……」

「ただ、何か引っかかるのかい？」

「栗山課長の本音を誰も知らないのが問題です。決して栗山課長を庇っているわけではないのですが、言葉を濁す係員が多かったのは事実です」

「それは時田女警に対する反発の大きさなのか？」

「そういう供述は出ているのですか？」

「パワハラならともかくマタハラは違うというのが本人の主張だ」

「そうでしょうね……」

榎本が口元に薄笑いを浮かべて言ったのを監察官が不愉快そうな顔をして、たしなめるように言った。

「榎本係長、時々君が見せるその仕草は決して愉快なものじゃないぞ。ある意味で上司をないがしろにしているように感じる」

「申し訳ありません。今後注意致します」

榎本は本心を突かれたことを素直に反省していた。

「僕もまだまだ甘いな」

榎本があまりに素直に詫びたのを見て、監察官はまんざらではないような安堵の顔を見せながらさらに言った。

「榎本係長は将来の大幹部候補生だ。君の一挙手一投足を見ている者もいるからな」

「ありがとうございます。誤解を与えるような言動は厳に慎みます。というのも、時田女警に対する署内の評価があまりに低かったのが実情です」

「人事記録を見ただけでも全く評価されていないのが伝わってくるよ」

監察官が頷きながら言った。榎本はあえて国会議員の岡山瑞枝に関する報告を差し控えていた。この情報は公安マターのものであることを知っていたからだった。

榎本はそれが公安部の山下係長から聞いて学んだ情報に関する重要な部分であることを感じ取っていた。

「情報とは何ぞや。この根底にあるのは『知るべき人に』というところなんだ。縦割り組織の上下関係の中では知らなくていい上司もたくさんいる。その取捨選択をできるのは情報を入手した者以外にないんだ」

山下にそう言われた時、その公安部らしい発想に驚きよりも怖さを感じた榎本だったが、この情報を得た時、榎本はまさにそうだと感じたのだった。

自席に戻った榎本は二十人分の供述内容を項目ごとの供述対比表にまとめた。この供述対比表も二度の公安講習と三度の警備専科講習で学んだ多数被疑者事件の全容解明に関するテクニックのひとつだった。

榎本は一時間、この作業に没頭して仕上げた時には夜八時半近かった。周囲を見回すと人事係と制度調査のメンバー以外はほとんど帰庁していた。

「管理官、供述対比を作りました」

榎本は監察官を管理官という普通の組織的職名で呼んでいた。首席監察官は他のメンバー同様「首席」と呼んでいたが、直属の上司である監察官に対して「監察官」とよぶのには着任当初から抵抗を感じていたのだった。

監察官もまたほとんどの係員が「監察官」と呼ぶのに対して榎本だけが、警視庁本部に勤務する、他のほとんどの警視同様に「管理官」と呼ぶことに違和感を覚えているようだった。

「相変わらず仕事が早いね」

上目遣いに榎本を眼鏡のフレームを外れた上部から見ながら監察官が言った。榎本はそれには答えず百二十パーセントに拡大してプリントアウトした表を差し出した。お勉強は得意な監察官は早いペースで対比表を確認しながら言った。

「なるほどな……ここまでの供述の一致があればマタニティハラスメントの容疑はかなり減少されるだろうな」

「そこはなんとも……ハラスメントというのはあくまでも被害者心情です。しかも流産という女性にとっては極めて厳しい経験をしているのですから、医学的に行為と結果の因果関係を否定されない限り、難しい状況です」

「被害者心情というものは、本人はもとより、周囲からの焚き付けでその気になってしまうからな」

「そのとおりだと思います。ところで、時田女警が市民活動家に依頼した経緯は聴取できていますか？」

「そこが曖昧なんだ。本人の供述では、インターネットにアクセスしたらたまたまそうなったとしか述べていない」

「調べ担当は誰ですか？」

「藤岡係長にやってもらっている」

藤岡はこの春に着任した女性警部だった。もっぱら交通部に従事し、警察庁も交通局勤務だった。

「藤岡さんは市民活動家のバックグラウンドについては理解されていらっしゃるのでしょうか？」

「警部試験に合格しているのだから最低限度のことは知っているだろう。警察対策に関してもそれなりのことは知っていたからな」

「わかりました。調書を見せていただくことはできませんか？」

「捜査管理システムのアクセス権限を解除することが同階級ではできないことくらい、榎本係長なら知っているだろう？」

「はい。ただ、被害者調書を知っていなければ、その後の捜査のマイナス点を見出すことができないと思います」

「それは私の仕事だ。必要なことは私から指示するから、榎本係長は西多摩署の関係をきっちりやってくれ。下手に知らない方がいい場合もあるだろう」

監察官はいつもより胸を張って榎本に言った。

榎本は軽く会釈をしてデスクに戻ると、ヒトイチ課長の兼光の携帯に電話を入れた。榎本が帰庁した時、すでに庁内の幹部在席表示板のランプは全て消えていたからだった。

「榎本さん。まだ仕事中？」

兼光の口調はいつもよりリラックスしているようだ。

「ちょっと困ったことがありまして、お耳に入れておいた方がいいかと思いご連絡致しました」

「それなら官舎に直接来てよ」

「これからですか？」

「私も今、帰ってきたばかりなんだ。監察から何の報告もないんで心配していたところなんだよ」

「すぐに車で向かいます」

「クーポン持ってる？」

「デンデンムシのものをお預かりしていますから、それで参ります」

デンデンムシとは都内の個人タクシーのひとつのグループのもので、タクシーの屋根に付いているマークの形から、個人タクシーの場合は「デンデンムシ」や「チョウチン」と呼ばれている。ちなみに霞が関界隈の役所の多くはデンデンムシと契約を結んでいる場合が多く、深夜の霞が関の道路にはデンデンムシの個人タクシーが列をなして停まっている。

榎本は監察官に挨拶をして部屋を後にした。


港区三田にある警察庁用国家公務員宿舎の十六階に人事一課長の居宅があった。ここでは家族が一緒に暮らしているが、今後、地方勤務になった場合には本人は単身赴任になる場合がほとんどで、内示から一週間以内に明け渡さなければならない仮の宿である。

官舎の外見は周辺に高級マンションや世界各国の大使館等の在外公館が多く点在するため、一見、高級住宅のように見えるが、内装は極めて簡素なもので、榎本の目から見ても「安く建てた」感を拭えない造りである。

一階でインターフォンを押して鍵を解除してもらうと、榎本はエレベーターで十六階に向かった。

「失礼します」

「悪いな。ちょっと飲んでるもんで、役所で会うのは止めたんだ」

「こちらこそ夜分に申し訳ありません。明日一番で手を打っておきたいと思いましてご連絡致しました」

玄関を入って靴を脱がずに入ることができる控えの間で、榎本は兼光と話をしていた。そこへ夫人がコーヒーを持って現れた。東大出の才媛らしく彼女は興味津々の顔つきでコーヒーを三つ用意して当たり前のような顔をして同席した。兼光はそれをたしなめる素振りもみせずに榎本に訊ねた。

「ところで、どうだった？　所轄の様子は」

「マタニティハラスメントの故意は周辺の誰からも得ることはできませんでした」

「すると本人の過度な思い込み……ということなのか？」

「本人の供述を見ていませんので、そこは僕の言葉で言うことはできません。ただし被害者心情が犯罪行為を決定するのが法のルールですから」

すると夫人が躊躇いもなく口を挟んだ。

「女性の意識を男性が理解するのは難しいわよね。特に、この女性は流産という女性にとって厳しい現実を受け入れざるを得なかったわけでしょう。被害者心情という一言で片づけるのは如何なものかと思いますよ。榎本さん」

「僕は彼女の気持ちを理解できると言っているわけではありません。ここに男女の性の違いを挟もうとは思っていません。ただ、男女雇用機会均等ということが、現実的な場面とそうでない場面もあることは明らかです」

「明らかなの？」

「男女に違いがあって、女性の能力を必要としている部分が多くあることは認めます。しかし、そうでない場面では、男が一歩引いた寛容さの上に成り立っている部分が多いのです」

「若いのになかなか傲慢なことをおっしゃるのね」

夫人は榎本の性格をよく知っているだけに微笑みながらも、ややきつめの口調で言った。榎本は相変わらず平然として答えた。

「ある程度成熟した民主主義社会は力学だけで男女を分け隔てしないからです。一部のイスラム国家や非成熟の人間社会において、女性は男に隷属せざるを得ないことをみれば明らかです」

「力学ね。それが警察社会にはまだ残っているというのね」

「警察社会だけではないでしょう。消防、自衛隊でも現場には決して女性を出しません。ですから、この三業種には労働三法の適用がないのです」

「そういう理論も面白いわね。うちの大臣はわかっているのかしら」

兼光夫人は内閣府の男女共同参画局の現職参事官だった。

「理想と現実は違います。警察職務において女性にできて男性にできない部分はありませんが、男性にできて女性にできない部門はたくさんあるのです」

「確かに力仕事には限界がありますものね」

「力だけでなく、男性が女性を守るという当たり前のことを理解しない輩はこの日本国内にもゴマンといるのです。女性警察官が一人で性犯罪歴がある男の部屋に巡回連絡をする事態を考えただけでもゾッとするでしょう。そんなことをさせられますか？　何かあっては手遅れでしょう？　すると、地域警察官の基本中の基本が執行できない。女性警察官を一人で覚醒剤被疑者や、ヤクザもんに会わせることができますか？　凶器を所持して暴れている被疑者の面前に立たせることができますか？　これは力仕事とは関係のない法の執行でしょう」

夫人は会話が面白くなくなったのか両肩をチョンと上げて、

「どうぞ、ごゆっくり」

と、言って応接室を後にした。その姿を見送りながら兼光は愉快そうに、しかし、声をひそめて言った。

「いいねえ、榎本君。ジャストミートという感じだったよ。ワイフにあそこまで言えるのは霞が関や国会にもいないだろうからね。もちろん私も含めてだけどね」

榎本は申し訳なさそうに首をすくめて答えた。

「仲人の件は次の課長にお願いした方がよさそうです」

「何言ってんの。あれでワイフも榎本君の結婚には、かなり興味を持っているんだけどな」

「そうですか。僕がちょっと特殊な部下だからでしょうか」

「確かに警視庁の現職でここに来るのは榎本君と指導巡査だった本蔵さんくらいのものなんだけどね」

兼光が笑って答えると、榎本はゆっくりと頷いて話題を戻した。

「それよりも課長、マタハラ問題以上に今回の事案には重大な問題が潜んでいました」

「反警察市民活動家のこと？」

「はい。告発した女性警察官の背後には極左参議院議員の岡山瑞枝がかかわっているようなのです」

「なんだって？」

兼光の顔色が変わった。公安総務課長を経験しているだけに、ことの重大性を認識した様子で驚くほど早い反応だった。榎本が声を出す前に兼光が口を開いた。

「すると斎藤雄二が弁護団に入ってくる可能性があるな……それは確実なのか

い？」

「現在、告発女警の実家の固定電話、家族と本人の携帯電話の通話歴を確認していますが、この二ヵ月間で、告発女警と岡山瑞枝本人が直接通話した履歴を数件確認しています」

「監察でこの件を知っているのは？」

「まだ、誰にも知らせておりません」

「よく気付いた。賢明な措置だな。監察は政治に直接かかわらない方がいい。これは公安部にやらせた方がいいだろうな」

榎本は兼光の判断に胸をなでおろしていた。

「ところでこの情報元はどこなの？」

「西多摩署の地域課長代理です。本村さんとおっしゃって、前任は公安部だったそうです」

「本村さんか……なるほど、彼らしいな……しかし、よく彼が榎本君にその話をしたものだな。ようやく彼も人を見る目ができてきたのかな」

「本村代理はそんなに有名な方なんですか？」

「なかなかの情報通なんだけど、上司とそりが合わなくてね。一匹狼のようなところがある人なんだ。おそらく今現在でも埋もれた情報を一人で抱えていることだろう」

「公安部にとってはそれでいいのですか？」

「やむを得ないだろう。彼があげたい幹部がいなければそれ以上どうすることもできない。今回は榎本君が私とつながっていることを察したうえで提報してくれたのだろう」

「もったいないですね。彼自身にとっても、消えてしまう情報にとっても」

「それが組織というものだよ。いつかまた彼を必要とする上司、さらには彼が報告をあげたい上司に巡り合う偶然が来るまで……ということなんだろうな」

兼光の言葉に榎本はある種の切なさを感じることを禁じ得なかった。

「公安部でもそういうことがあるのなら、他の部門はなおさらですね」

「公安部もまだ情報機関という体をなしていないのが実情だな。これは警視庁だけの問題ではなく、日本の警備警察全体にかかわる問題なのだけどね」

「警視庁公安部をもってしてそうならば、他は推して知るべし……ということでしょうか」

「私も警備警察、特にチヨダを中心とした情報部門には極めて強い愛着を持っているよ。しかし、私の人事がそうであるように、チヨダの理事官を終えて現在まで半分は公安部門に籍を置いているが、残りの半分は警察庁の人事部門なんだ。多くの先輩方の人事を見てもそうだが……チヨダの先輩方で警察組織のトップに立たれた方は何人もいらっしゃる。そして多くの方が情報部門に関する理想を持たれていらっしゃったのだが、今なおそこに行きつくことができない現実があるんだよ」

「わかりました。部外者の僕が口を挟む問題ではないですね」

榎本が頭を下げると兼光が生真面目な顔つきで答えた。

「榎本君が言っていることは確かに正論なんだけどね。そこには必ず人事がかかわってくる。今、私はせめて警視庁だけでも情報機関としてのセクションを作り上げなければならないと痛切に感じているんだ。それはすでに動き出していて、公安経験がある副総監、公安部長とともに喫緊の問題として組織内情報を取りまとめ、データ化しているところなんだよ。まだまだ多くの難問も抱えているのが実情だが今やらなければならない。そして今のメンバーでしかできないことだと思っている」

兼光の行政官としての強い決意が榎本にも伝わっていた。

「人事は難しいです。僕も監察係長の立場から警視庁組織全体を見て初めてわかる、多くの部分が出てきました」

「警察組織全体を見るには最低でも本部の警部以上で管理部門を経験しなければ無

理だと思っている。いわゆる各課の庶務担当を含めて……だな。人事一課以外では庶務担当係長になって初めて課内だけでなく部内の人事に携わることができるからだ」

「確かに庶務担当係長が考課表の取りまとめをして、人事に提出しますからね」

「そのとおりだ。組織全体を見るようになると、人事がわかってくる。警察官になった限りは署長にはなりたいという願望があるだろう。そうなると、一部門だけで伸びていくわけにはいかない。署長は全体を見なければならないし、その前の副署長に至っては庶務と広報が全ての仕事になってくる。その間に情報の仕事をしている暇なんてないのが実情だろう？」

榎本はキャリアでありながらノンキャリの世界を全て見通しているような兼光の眼力に敬服せざるを得なかった。兼光は三十代前半の内にすでに警視庁管内の警察署長を経験し終えているのだ。

「僕は警部補時代を含めて六年間人事一課を経験していますが、課長のような方は珍しいです。ノンキャリの人事を知り尽くされていらっしゃるような感じがします」

「私は警察組織の中のキャリア制度に疑問を感じている一人と思っている。もっともっと一般警察官を登用した方がいいと考えているのは事実だ。キャリアの中にもどうしようもない連中がたくさんいることも知っている。私は在外公館の一等書記官以外には他官庁への出向を経験していないが、他官庁から警察に出向してくる人を多く見てきた。彼らの中には自分で自分のことを官僚と呼んではばからない人が実に多かった」

「キャリアから政治家に転身したアホな国会議員もそう言っていました」

「本省の課長も経験せずに政界に飛び込む、そういう連中を我々は転落者と呼んでいるけどね」

兼光が笑いながら言った。

官僚とは、一般に国家の政策決定に大きな影響力を持つ公務員をいう。そしてその中である程度まで横並びに伸びてきた中から局長クラスまで上り詰めた者がいわゆる高級官僚であり、そこまで行かずに民間や政治家に転身するほとんどの者は霞が関の中では所詮転落者に過ぎないのだ。

「課長は政治家を目指すことはないのですか?」

榎本が訊ねると兼光は笑って答えた。

「地方の首長や大臣経験者の議員から何度か勧められたことはあるよ。でもね、それは志の問題であって、政治家を目指す人が役人をステップアップの材料にすることを決して良いこととは思っていないな。防衛、外交の道に進んだ方は別だけどね」

「それは国政を見据えたうえでのことですね」

「国会議員に関してはそうだね。首長は別だ。首長を目指すにしても役人経験者なら最低でも局長以上を経験した人でなければ役人としての経験を生かすことは何一つできないと言っても決して過言ではないと思っている」

榎本は自身の経験の浅さを改めて感じるしかなかった。榎本が警察庁出向時代に局長クラスと話をする機会など皆無だったからだ。

榎本が口を噤んだのを見て兼光が話題を戻した。

「それよりも本件の落としどころを見据えておいた方がいいな」

榎本は兼光の言わんとすることが理解できなかった。

「公安部に振った後のことでしょうか？」

「いや、マタニティハラスメントに関してのことだ。その有無の問題から派生する様々な問題があるだろう？」

「政治的な問題とは別に、ということでしょうか？」

「それは公安部が適正に処理してくれるだろう。女性警察官が被害を主張し続ける間はハラスメントの有無を論じている場合ではない。マタニティハラスメントという事実行為がどのようなものなのかを、組織内に周知させておかなければならないということだな」

「様々なハラスメントというものは、被害当事者個人の認識によって変わると思います。些細な言動で傷つく人もいるでしょうし、一概に論ずることはむしろ困難な気がするのです」

「それでは裁判にも対応できないのではないかな。敵の出方を見る前に想定できる内容を精査しておく必要がある」

「悲観的に準備しておく、ということでしょうか」

「イグザクトリーだ」

口癖が飛び出した時には榎本も兼光の真意が理解できていた。

「当庁の顧問弁護士と訟務課に連絡をとって、早急に対処致します」

「まだ判例は少ないだろうから、多くの案件を参考にするしかないだろう」

「被害者有利の特徴点をあらゆるハラスメント事象から分析してみます」

榎本が三田の官舎から自席に戻ると被害者の時田女警からの聴取を行った藤岡係長が待っていた。

藤岡朋代警部は四十歳の女性幹部で将来の所属長と言われていた。白バイ経験もあり身長は百六十五センチのすらりとした体格だった。そしてその容姿はミス銀座と呼ばれていた過去があるほど色白で澄んだ目をしていた。

「どうでした。時田女警は？」

「仲間の女性警察官と話しているという感覚が全くしなかったのが不思議でした。まるで危ない新興宗教にでも取りつかれたかのようで、心を病んだ被疑者と話しているようでした」

榎本が頷きながら言った。

「それは、反警察状態に陥っている、ということでしょうか？」

「それに近い感覚でした」

「自分自身が警察官という業種に順応できていない、というような認識はなかったでしょうか？」

「向いていなかったとは言っておりました。さらには階級制度という組織の基本にも問題を感じていました」

藤岡が淡々と説明する。

「結婚生活に関してはどうですか？」

「夫が思っていた以上に仕事に対する意欲がなかったのがショックだったようです。彼女も現在は官舎に入っていますが、官舎そのものが警察組織なのだそうです」

「どういう意味ですか？」

「階級制度が官舎内の自治会に反映されているようです」

「そんなことを言っても、集合官舎には警視以上はいないでしょう？」

「古株の警部補さん一家が仕切っているそうなんです」

「本当ですか？」

榎本は呆れた声を出して訊ねた。警視庁の官舎には単独官舎と集合官舎がある。単独官舎は署長のように、原則として管内居住が求められている場合や、副署長以上が入る本部官舎がそれに該当する。他方集合官舎は警部補までが入る官舎で、定年まで居残ることができる。これは、地方出身者で定年後は故郷に帰ることを前提としている者の特権で、借財がないことが条件になっている。地方に土地、建物を買って運用しながら官舎生活をすることは許されないのだ。また、一時期、警視庁警察官の半数以上が他県に住居を構えるという異常事態に陥ったことで、急遽官舎を増設したことさえあった。

警視庁警察官の場合、住居が警視庁の最寄りの警察署まで通勤一時間三十分ということで他県居住が認められていた。しかし、交通の利便性向上から栃木県や茨城県に居住する者が増えたことで、緊急時の招集や人事配置の困難性の原因となった。このため新たに他県に自宅を購入する制限が厳しくなり、官舎への長期入居が可能となったのである。

「榎本係長は独身だから実体験がないでしょう。私は官舎に十五年間住んでいたから、よくわかるんです。所轄じゃ夫はゴンゾーの癖に官舎ではその奥さんが威張っている、夫婦ゴンゾーっていうのが、結構いたんですよ」

ゴンゾー。ドラマのタイトルにもなった言葉だが、上司に対しては極めて横柄ながら、仕事はやることだけはやる。後輩は適度に可愛がるため、下の者からは嫌われていないが、上司にとっては非常に扱いにくい存在をそう呼んでいる。

「夫婦ゴンゾーというのは初めて聞く表現ですが、厚生課は知っているのでしょうか」

「見て見ぬふり……というところでしょうね。昔流行った、不倫官舎というのと同じですよ」

官舎の運営管理は警務部厚生課の重要な仕事のひとつである。

「あの時は大量退職者を出しましたからね」

榎本が笑いながら言った。大型官舎の中で不倫が流行したという、呆れた時代があったのだった。

「不倫はともかく、時田夫婦が官舎内でも生活しにくかったのは事実のようですよ。ゴンゾーは合う人にはいいけれど、そうでない人は完璧に無視しますからね」

「すると村八分のようなものなのですか」

榎本が驚いたように訊ねると藤岡係長は真顔で答えた。

「嘘のような本当の話です。ゴンゾーが仕切っている官舎は入れ替わりが激しいんです。ですから厚生課もわかっているはずなんですが、何もすることができないんです。まさか官舎に監察に入るわけにもいきませんからね」

官舎とはいえ、その自治は住民に任されており、住民自治を監察する機関がないところが現場だった。先述の不倫官舎の場合は警察官の非行事案として監察が動いた数少ない事案だった。

「例の二人は西国立住宅だったたな。厚生課に確認しておく必要があるでしょう。さて、肝心のマタニティハラスメントに関してはどう供述していますか?」

「地域課長の栗山敏夫から彼女の携帯に直接電話が入ったそうです」

マズいな、と榎本は直感した。

「初耳だな。内容は？」

「それが酒を飲んでいたようで、権利を主張するなら義務を果たせ、というようなことを言われたとか」

「それは三人目の妊娠に関してなのですね？」

「そうです。ただ非通知設定でかかっていたため、携帯の着信記録には非通知として出ていないので証拠がない、ということでした」

「言った、言わないの世界に入るな。酒を飲んでいたのなら夜なんだろうが、その時、彼女の周囲には誰もいなかったのかい？」

「それが、日曜日の昼過ぎで、ご主人は勤務に出ていたそうで、証明する人もいなかったようです」

「日曜の午後に酔って電話か……着信記録は確認したのですね？」

「それが消去してしまっていたのです」

「通信会社に確認すれば発信元はある程度特定できるでしょう。そうすると、公の面前で罵倒されたような事実はないのですね」

榎本がメモを取りながら訊ねると、藤岡は申し訳なさそうな顔をして答えた。

「彼女が言うには、彼女自身が軽度の鬱状態になっていて、現実と非現実の違いが曖昧になっていた時期があったということなんです。担当係長から課長に怒鳴られた旨の話を聞いたのを自分が怒鳴られたように感じたのかも知れない……ということを平気で答えるのです」

「軽度の鬱というのなら、心療内科等に通院した事実はあるのですね」

「それが自己判断なのです」

「本当に警察学校を卒業した女性警察官の発言なんですかね」

榎本は呆れた顔になって呟くように言うと、肝心の質問を投げかけた。

「市民活動家への相談は彼女自身で決めたことなんですか？」

「その点も曖昧に答えるのです。流産した後で子供を連れて実家に戻ったそうですが、その時に彼女の母親が激怒したということなんです」

「それで？」

「彼女の母親が友人に連絡して相談に乗ってくれた、ということでした」

「その友人の人定は取れていますか？」

「母の友人というだけで、名前はよく覚えていないとか。ただ力のある人だということでした」

「警視庁本部の職員相談室に連絡はしていないのですね」

「もみ消されるのが怖かったそうです」

「なるほど。組織に対する信頼の原則がないということですか」

「そこまでは訊ねておりません」

榎本は頷きながらさらに訊ねた。

「市民活動家というものを、彼女はどのように捉えていたのでしょう？」

「インターネットで確認して立派な活動をしている人だと思ったそうです」

「バックグラウンドのチェックはしていないのですね？」

「母親の友人からの紹介だったこともあり、安心して任せたようです。ところで榎本係長、彼女の母親の友人や、この市民活動家の背景をご存知なんですか？」

「一応知っています」

「それは一体誰なんですか？　差し支えなければ教えていただけますか？」

藤岡は自分自身が公安関係に疎いことを自認している様子で、榎本の目の奥を覗き込むような仕草で訊ねた。

「母親の友人は極左系国会議員です。市民活動家はそれと同じセクトに所属しています」

「極左ですか。警大の警備の授業で習う団体ですか？」

「そうですね。三大セクトのひとつです」

「そんな団体に所属している国会議員がいるのですか？」

「もちろん。日本は自由の国ですからね。極左系の労働組合も多いでしょう」

「確かに、デモや請願でも平穏に実施できない団体はたくさんありますね」

藤岡は頷きながらも、今ひとつ実感が伴わないような様子だった。その顔色を見て榎本は質問を変えた。

「ところで今日の聴取時間は何時間くらいでしたか？」

「午前十時から十二時までと、十三時三十分から十五時三十分まで。休憩を挟んで十六時から十七時までの計五時間です」

「自宅を離れてビジネスホテルに投宿していた理由はなんですか？」

「市民活動家からのアドバイスだったそうです」

「記者会見をする理由は？」

「それも市民活動家からのアドバイスがあったそうです」

「どのようなアドバイスだったのですか？」

「警察という男社会の中で弱者である女性警察官の立場を守るためだというようなことを言われたとか」

「同期生等に友人はいなかったのですか？」

「信頼できる警察官は誰もいないそうです」

その言葉を聞くと、榎本は大きく溜息をついてポツリと言った。

「救いようがないな」

藤岡係長が穏やかな声で訊ねた。

「榎本係長は同期生で一生付き合うようなお仲間がいらっしゃいますか？」

思いがけない質問に榎本はすぐに言葉を返すことができなかった。よく考えてみた。

「言われてみれば中学、高校時代のような親友がいないな」

「大学時代はどうだったのですか？」

「僕の大学はちょっと特殊でしたから、大学からの進学者はよそ者だったのですよ」

「そうでしたか。実は私も警察学校の同期生に心を許すような仲間はできなかったのです。私の親友は高校の時と大学のゼミ友達です」

「考えてみれば警察学校というところは職業訓練学校である以上に競争意識を高める場所ですから、みんながライバルにもなってしまうんですよね」

「特に男子の場合には、その中から警視正以上の階級に上り詰めるのは一、二パーセントでしょう。それにその後も昇任試験に順番が付くわけで、トップクラスの部長級にまで叩き上げで上り詰めることができるのは数年に一人。親友なんてできませんよね」

「だから僕の場合にはキャリアの先輩に心酔してしまったのかも知れません。そこにたどり着くことができるのは、警視正になるよりも確率が低い偶然の重なりのような気がします」

「榎本係長はお幸せだと思いますよ。参事官からも信頼を得ていると評判ですもの」

「でも、キャリアの上司は長くて二年ですから。しかも入れ代わり立ち代わり新しい方がいらっしゃるわけで、そこにも派閥がありますから、それはそれで結構やりにくいものですよ」

榎本が自嘲気味に言うと、藤岡はクスッと笑って言った。

「お役所勤めってそんなものですよ。それでもキャリアの方々の出世レースからみると、我々はまだ楽だと思いますよ」

そんな藤岡を眺めながら榎本は彼女の一挙手一投足を美しいと思いながら訊ね

た。

「藤岡係長のご主人も警察官だったですよね」

「ハズ？　うちは主人とは呼びません。彼は今、企画課の管理官です」

「ご結婚はいつ頃だったのですか？」

「部長に昇任してすぐ、彼は卒配署の警務係長でした。女警の八割が職場結婚という実情ですからね。だから今回のようなカップルの誕生も致し方ない一面だと思います」

「藤岡係長の場合はエリート同士のカップルだったわけですね」

「ご夫婦で署長になられたカップルも、十年以上前に現にあったわけですから女性の社会進出のリーディングケースは警視庁ではすでにあったわけですよ」

「家庭を立派に築きながらもご夫婦揃って所属長でしたからね。ただし、お子さんは二人とも医者になって、警察官にはなりませんでしたけど」

　榎本が笑いながら言うと藤岡係長がため息まじりに答えた。

「うちの子供も警察官にはならないと言ってるの。まだ小学生なのに」

「頭がいいからなんじゃないですか」

榎本は藤岡が作成した取り調べ捜査報告書を確認すると、公安部公安総務課の山下に電話を入れた。

「榎本さん、面倒なことになってきましたね」

「やはりそうですか。岡山瑞枝議員の存在ですか？」

「そうです。女警は積極的に岡山と連絡を取っていました」

「岡山を国会議員と認識していたのですか？」

「もちろん。参議院議員会館の事務所にも何度か電話を入れています」

「通話記録を確認した結果ですか？」

榎本は時田女警が藤岡に虚偽の供述をしていることを確認した。

「この女警、なかなか手ごわいですよ」

「どういうことですか？」

「こいつの交友関係を調べてみたのですが、かなり前から極左集団と付き合っていたようです」

「どういうことですか？」

「二課の報告があったんです。二課では彼女を二年ほど前からマークしていたようです」

「どうして監察に報告が上がってこないのですか？」

「奴らの本来の目的を知りたかったからでしょう。この数ヵ月は例の女警に各種の照会をやらせていたようです」

「照会ですか？」

「奴らの手順なんですよ。まず簡単なところからやらせて、所轄の公安情報を取る」

「所轄の公安情報なんて地域の係員で入手できるんですか？」

「公安係員の住所をゲットするだけでも大きな情報なんですよ。管内の重要防護対象とかも奴らのターゲットになりますしね」

「どれくらいの情報を流していたのでしょうか？」

榎本は監察の立場よりも組織防衛に動かなければならない思いで訊ねた。

「彼女がこの二年間で情報管理課に照会した件数は百六十五件。決して多くはありません。職質のプロクラスになると一ヵ月でそれくらいの件数をやってしまいますからね。ただし、彼女の照会対象者には他の警察官とは異なる明らかな特徴があったのです」

山下はそこまで言って言葉を区切ると、フッと一呼吸して言った。

「十七階で話しませんか？」

警視庁本部十七階にある喫茶室。榎本はすぐに承知した。

喫茶室に入ると山下はいつもの席である国会議事堂を正面から見下ろす半月型テーブル席の壁側の一番端に座っていた。この席は隣り合わせにしか座ることができないため、秘密の話をするには都合がいい。また閉店前はいつも空いているのが好都合だった。

山下は榎本が座るなりＵＳＢストレージを取り出して榎本に差し出した。

「例の女警に関するデータが全て入っています」

「個人パソで作成したのですか？」

「捜査管理システムですよ。作成文書を保管しない限りＵＳＢストレージに落としても記録が残らないシステムですから、僕のデスクトップはしょっちゅう最小のアイコンがぎっしり並んでいますよ」

山下が笑いながら言った。個人に貸与されている捜査管理システム用のパソコンは原則的にデータの引き出しができない仕様になっていた。しかし、何事にも裏があるのがコンピューターの世界である。

作成中のデータを保存せずに文書を最小化しておいて、別の文書を作成するとハードディスクに記録されないからだ。捜査管理システム専用パソコンの場合、常にオンラインになっているわけではない。外部でパソコンのハードディスクに保存した段階で、指定されたサーバーに接続してオンラインに戻さない限り復元できない設定になっているのだ。その間隙を縫うやり方がこのデスクトップ上に留め置く手法で、その場合に限り捜査管理システムで作成した文書をＵＳＢストレージに落とすことができるのだ。もちろんその逆もある。あらかじめ作成しておいた文書をドラッグアンドドロップでデスクトップに持ってくれば、日常的に使用する慣用句をいつでも使うことができるようになるのだ。

「山下係長もＰＣの扱いは相当詳しいですね」

「アクセス権限の設定を行っている時にたまたま見つけたんですよ。公安部の事件担当には、だいたい知らせていますけどね」

笑いながら言う山下の顔を榎本は苦笑いしながら聞いていた。調書には捜査員ひとりひとりの特徴的な慣用句がある。個人のパソコンであれば単語登録しておけば済むことでも、捜査管理システムではそれができなかった。情報管理課も頭を使って様々な便利な使用法を開発したが、文書の漏洩防止が命題であるだけに外付けの記憶媒体はＵＳＢストレージだけに限ったのだ。それも警視庁独自の暗号化措置を取られたUSBストレージしか認識しない仕様になっていた。

「暗号化されたUSBストレージはオンライン時しか使用できませんからね。市販のものはオフライン時には利用できる盲点を突いたわけですね」

「盲点というより、『できません』と言われて『そうですか』でしないよりも『ホントかな』と思ってやってみることの方が大事だと思っていますから」

山下は笑って言った。

「ところで、時田女警ですが、確信犯ということなんでしょうか？」

「そうですね。まだスタート時点が特定できていないので、最後は本人の供述と敵対組織へのガサ入れを行った結果になるでしょうが、この二年に関しては間違いなく『知らなかった』では済まない証拠があります。公安部は間違いなく奴を訴追します」

山下は時田女警に対して名前を使わず「奴」「女警」で通していた。

「訴追となることを彼女は想定していなかったのでしょうか？」

「これは警察組織だけでなく、夫への恨み辛みもあるんじゃないかと思いますよ。今回の案件はどう見ても夫への影響は無ではありませんし、下手をすれば同罪ですからね」

「周囲の者を全て巻き込んだ自爆テロのような感じですね」

「案外、それをやらせていたのが岡山瑞枝とその仲間なのかも知れません。奴らの発想は極左というよりもイスラム教原理主義者のような発想です。共産主義の中の革命至上主義者ですからね」

「未だに残っているんですね。共産主義者の基本は何も変わっていませんよ。現に、安保関連法案に革命政党やそのシンパたちが反対しているのも、根本は自衛隊と警察の強化を最も嫌うのが共産主義者だからですよ」

「すると、今回はマタニティハラスメント問題を反警察問題にすり替えた組織的攻撃が行われる可能性が高いということですか？」

「僕はすり替えだとは思っていませんよ。マタハラがあったのは事実でしょう。ただ、今の管理職課長の半数はマタハラに関する知識がほとんどないと思っています」

山下は榎本が啞然とするほどはっきりと言った。榎本は心の奥底で、今回のマタニティハラスメント問題が組織的なでっち上げであって欲しいと思い始めていたことを自認していた。

「マタニティハラスメントが存在した可能性を否定しないわけですね」

「否定できる状況ではないと思います」

「そうでしょうね。流産という事実は消せません。女性にとって流産というのは、心身ともに傷つく極めて重大な出来事だそうです。最初は自分を責め、悩んだ末に他者に怒りの矛先を向けるのだと友人の医者が言っていました」

「その方は産科医の方ですか？」

「元産科医、現在は麻酔科と心療内科医です。医者が一人前になるには結構時間がかかるそうなんですよ。医学部を出て研修医をやって大学院で修士、博士を取って、専門医の研修を終えてようやく一人前。その時には四十歳近くになっているそうです。まあ、実家が医者の場合にはそれなりの報酬を受け取るようですが、そうでない場合には、私学医学部を出た場合、元を取るまでには相当な時間を要するということですよ」

「医者も大変なんですね。すると、その方はマタニティハラスメントに関しては専門家と言ってよろしいんでしょうね」

「マタハラに関してはテレビや各紙誌にもコメントを出していますから、周囲からも認められた存在だと思います」

「その方に一度相談させていただいてもよろしいでしょうか。専門医の意見は重要ですから。訟務課に任せるよりは、監察も知っていた方がいいと思いますよ。マタハラ問題は最初の一手を間違えると大変なことになる。無能な管理職たちにも周知させておかないと、セクハラどころでは済まない結果になりそうですよ」

「どういう意味で、でしょうか」

「損害賠償です。精神的、肉体的苦痛に加えて、一つの生命を奪った……となると、その保護法益は重大です。千万円単位の金額でしょうね」

「退職金どころの心配ではないですね」

「敵の狙いも案外その辺にあるかも知れませんよ」

「金ですか？」

「取れるところから取る。しかもその相手が権力だとしたら、奴らにとっては最高のシチュエーションということになる」

「考えてもみなかった」

　榎本は山下の発想というよりも認識の深さに驚くしかなかった。

　デスクに戻ると時田女警の通話履歴解析を行っていた班長が榎本に報告に来た。

「地域課長の栗山敏夫ですが、やはり公衆電話から時田女警に電話している事実が判明しました」

「どうやって調べたんだい？」

「時田女警が言ったとおり、通話履歴に午後二時十二分に非通知で着信がありました。発信元調査を行った結果、新宿歌舞伎町にある公衆電話からであることがわかったのです。そこで場所を特定して新宿署の防犯カメラ画像データを検索したところ、同時間に当該公衆電話を使用している栗山の姿を確認することができました」

公衆電話なら足が付かないと思っていたのだろう。

「栗山本人は認めていないんだが」

「防犯カメラ画像を見る限り、酩酊状態にあったような感じです」

「知らないうちにやってしまった、ということか？」

榎本は大きなため息をついて捜査報告書を受け取った。


その三日前、公安部長室には小早川公安部長のほか、島崎（しまざき）公安総務課長、手塚（てづか）公安一課長、安藤（あんどう）公安二課長が顔を並べていた。

「そもそもは、こういう輩を警察官にしてしまったところに問題があるんだがな」

公安部長が採用ミスをほのめかすように言った。それはこの場に顔を揃えている面々には直接関係がないことだったが、ただもしこれが敵側からの潜入工作のひとつと考えれば重要な案件だった。

「知的レベルの低さだけの問題ではありませんから。サイド職員全員のチェックが必要になるかも知れません」

「まずは公安部員全員のチェックをやり直してみることだ。それよりも今回の捜査は総務課でやることに異議はないのか？」

小早川公安部長は手塚一課長、安藤二課長に訊ねた。手塚一課長は公安部内の課長では叩き上げのトップである。その上にノンキャリの参事官がいるが、公安部の参事官はもう一人キャリアの参事官がいるため、実質的な現場のトップとなっているノンキャリは公安一課長ということになる。安藤二課長はキャリアだった。

公安部内のキャリアポストは公安部長、公安部参事官、公安総務課長、公安二課長、外事第二課長の五人で外事一課には管理官としてもう一人いた。

年齢的には最年長の手塚公安一課長が静かに答えた。

「異議ございません」

「奴らは極左とはいえ労組系でもあるが二課はいいのか？」

「労組系とはいえ、彼らが完璧に押さえているのは一地方の公務員共闘に過ぎません。それも近頃は組織が弱体化しており、国会議員も一桁になって、間もなく政党要件を失うことが目に見えております」

安藤二課長がよどみなく答えると島崎公総課長が言った。

「政党要件よりもむしろ、奴らは市民運動に転化した動きをしている。逆に不気味な存在になっているような気がするんだが、そういう心配を安藤はしていないのか？」

「労組の市民運動化は民間労組の弱体化に比例して、これに深くかかわってきた極左集団は離れつつあります。また官公労も民営化の波に押され、ごく一部の尖鋭化したセクトを除きかつての勢いがありません。その点、インターネットの普及に伴い市民運動の名を借りた活動に転換しつつあるのは事実です。カンパ運動も組合費より集めやすいのが現状です」

「沖縄の反基地問題のようなものか？」

「それは何とも言えません。現実に選挙で結果が出ていますから、外部からの支援だけが原因とはなっていないと思います。意識の植え付けという面は大きいと思いますが」

島崎公総課長は頷いて安藤二課長を見ると、小早川公安部長に向かって言った。

「本件は当課で実施致します」

「公総は調査八でやるのか？」

「係長の山下にやらせようと思っています」

「山下係長では負担が大きすぎるのではないのか？」

「議員がらみですし、彼はこういう入り交じったような事案を解きほぐす才を持っておりますから。逆にやらせてみたいと思います」

小早川公安部長はコクリと頷いた。

島崎公総課長に呼ばれた山下は事案の概要を聞くと頭の中で整理して訊ねた。

「本件は監察と組んだ方がよろしいのでしょうか？」

「監察の榎本係長とはウマが合うみたいだな。彼も警大では警備専科を受講しているようだ。実践には疎いだろうから教えてやるつもりで連携を図ってやってくれ。公安部にはマタハラなんぞは関係ないことだが、事実関係だけは押さえておくしかない。流産の経緯だけは押さえておいてくれ」

「了解。しかし、榎本係長は監察に置いておくには惜しい人材です」

「ああいう生真面目な人材が監察にいてくれるから安心して現場は活動できるのだよ。彼を公安に持ってきてしまったら、組織防衛に間隙が生じてしまうだろうからな」

山下は静かに頷いた。

デスクに戻った山下は、時田女警の人事記録と所轄が保管している個人調査票を取り寄せ分析を始めた。個人調査票は各課の課長代理が保管している第二の人事記録というものである。これは人事記録に記載されている事項に加えて蓄財、借財の額と金融機関、信仰する宗教の種類、警察内外の交友関係等について、係員本人が全てを自書したものである。

「まず、戸籍謄本を取り寄せて四親等全員のチェックだな。さらにその全員の架設電話、携帯電話の通話状況、保有する旅券、パソコンのＩＰアドレスを調べてくれ」

公安部の人定チェックは勤務先、通学先の就勤、就学状況まで全て確認する。さらに報告していない預貯金の口座や一般金融機関以外の消費者金融を発見した際には、使途の全てまで調査するのだった。

「それから藤井主任を呼んでくれ。彼女の出産にかかわる通院、入退院の事実調査が必要だ」

藤井理子主任は警部補で、現在三十八歳。二児の母親でもある女性警察官である。彼女の配偶者も公安部の警部であり、現在は警察庁に出向中だった。

「山下係長、お呼びでしょうか？」

比較的小柄でありながら合気道の警視庁代表を経験した藤井は、たおやかな動作で山下のデスクにやってきた。

女性警察官の多くはほとんどの部署でキビキビとした所作を求められるが、公安部では女性らしさを持つのが是とされている。一目見て警察官と見えないような雰囲気を持つことも大切で、髪を背中まで伸ばした女性警察官が存在するのも公安部の特色だった。

「実は所轄でマタハラ事件が起きたんだよ」

山下は年上の相手には原則として敬語を用いてきたが、藤井は自ら「自分が婆さんみたいだから、敬語はやめて下さい」と以前に伝えてきたため、ため口で話すようになっていた。

「マタハラって、マタニティハラスメントのことですか？」

「そう。まだいるんだよね、平気でそんなことをやる奴が」

「私としては、ようやくそれに組織が気付いたのか、という感じですけどね」

藤井はストレートに言った。そこが山下にとってはこの女性警察官のいいところでもあった。しかし、所轄では生意気な女警と思っている上司、同僚もいたに違いなく、現に考課表にも「思ったことをズケズケ言う癖がある」との記載があった。

それでも彼女を本部に呼んだのは、捜査本部で一緒になった、公総でも人格者かつ優秀な管理官が彼女の能力を高く評価したからだった。

「藤井主任も被害を受けたことがあったの？」

「私も二人目の時は辞表の書き方を教えられたくらいですから、推して知るべしです」

「その時の上司は今どこで何をしている？」

「どこかの所轄で課長代理のままだと思います。その程度の人でしたから」

藤井は冷たく言い放った。山下は苦笑いをしながら言った。

「その程度がまだまだ多いのがうちの社会だから、少しずつ改善していかなければならないんだよ」

「ところでマタニティハラスメントと公安部と何か関係があるのですか？　所轄の公安であった事案なんですか？」

「いや、地域課の女警なんだけど、彼女が流産をしてしまって、これを公にしてしまったんだ」

「公って、方面本部とか人事にじゃないんですか？」

「いや、記者会見をやるようなんだ」

「えっ。そんな馬鹿げたやり方をやったんですか？　勇気ではなく蛮勇ですね。まさかそのバックに反警察団体がいたとか」

藤井の頭の回転は実に早かった。

「そのまさかのまさかなんだよね」

「本当に馬鹿ですね」

「そう思いますか？」

山下の口調に敬語が混じる。

「だいぶ前ですけど、警察辞めた翌月に右翼の街宣車に乗っていた子がいましたけど、それよりも悪いですね」

「ああ。柔道だけで採用した女性警察官ですね。複数の不倫の末に懲戒処分したのが逆効果になったというやつですね。街宣車の上から警察官を名指しして非難したという女傑だったらしいですね」

山下が笑いながら言うと、藤井は憮然として答えた。

「あれは男も半分悪いんです。彼女もその道では有名人でしたから、初めはちやほやしてその気にさせておいて、いつの間にかみんなのペットのようにしてしまったんですから」

「ペットはないでしょう。複数の不倫をするのは本人の資質じゃないですか？」

山下は自分で言いながらも女警の立場の弱さも理解していた。山下は藤井が何かを言いかけようとするのを遮って言った。

「今回は彼女の出産にかかわる経緯を全て調べてもらいたいんだよね」

「全てですね。うちの健康管理本部と病院等から聴取すればいいのですね？」

「最終確認は本人と話して下さい。彼女には公安部が調べていることを知らしめておきたいんだ」

「確信犯なんでしょうね」

「まだ何とも……」


山下は長崎に出張に行かせた一個班六人から断続的に入る情報をデータ化していた。最初に届いたのは戸籍謄本の写しだった。画像データをＯＣＲソフトによって文字化していく。四親等の親族だけで二十人を超えていた。

文字化された二十人のうち十六歳以上の十六人について運転免許証保有状況や前科前歴等をチェックするため総合照会をかけていく。

「前科前歴者は該当しません」

情報管理課から回答を得ると、全てを公安四課の対象者リストと照合する。

「なんだ、三人も引っかかるじゃないか」

山下はヒットした革命政党党員の二人、左翼系活動家の一人について詳細データの検索を公安四課の担当者に問い合わせた。

公安四課には全国の公安対象者のデータが蓄積されている。県警に足を運ばなくても、ほぼリアルタイムの情報が登録されているのだ。

「やはり親族で岡山瑞枝議員を応援しているふしがあるな。特に母親は後援会の婦人部長か」

さらに山下は公安部のサイバーテロ対策班に連絡し、二十人全員が保有する携帯電話番号とその契約する通信会社、さらにパソコンのＩＰアドレスチェックを依頼した。

「携帯電話は十二人がヒットします。直ちに照会文書を送ります。パソコンも同数ですね」

「全員が契約しているプロバイダをビッグデータ検索していただけますか？」

「通信記録も必要ですか？」

「至急願います」

戸籍謄本データが届いてから全ての手配が終わるまで三十分というスピードだった。

「例の女警どもの通信記録はどうなっている?」

山下は時田女警とその夫の携帯電話とパソコンのデータを解析させていた班長に声をかけた。

「携帯電話は全て解析済みです。PCはもう少しお待ちください」

「携帯メールと無料通信アプリケーションソフト、SNSもチェックしておいてくれ」

SNS、ソーシャル・ネットワーキング・サービスは、インターネット上の交流を通して社会的ネットワークを構築するサービスのことであり、最も著名なものがFacebookである。

「女警の方はFacebookを利用しています。ユーザーグループをチェックします。旦那はLINEを使っています」

「それなら携帯内のアドレス帳もゲットできるな。全部洗い出しておいてくれ」

無料通信アプリケーションソフトはインストールしたアプリケーションを起動す

ると同時に、その携帯電話内のデータがソフト業者に盗み取られるように設定されているのが常である。警察もこれを活用しているのだ。

そこに行確班の班長がやってきた。

「行確班が集合しております」

都内周辺の行確班三個班十八人が会議室に集合していた。

「今日の記者会見出席者で主催者側全員の行確を行う。おそらく事務局を含めて十人前後はいると思われる。すでにマスコミに扮して現場の画像を送って来てくれているので、現場に入った時点で分担の割り振りを行い、徹底した行確を行ってもらいたい」

「バイクは五台準備しております。その五人は遊軍を兼ねたいと思います」

「割り振りに余った者も遊軍として臨機応変に動いてくれ」

千代田区霞が関の日比谷公園に面して建つ東京弁護士会館には三つの弁護士会が事務所と会見室を保有している。

午後一時、その一室で二人の弁護士と、市民運動家に連れ添われるようにマタハラ被害者の現職女性警察官、時田菜緒子による記者会見が開始された。

夕刊の締め切りに間に合う時間帯に会見はセットされていた。

警視庁の現職女性警察官による告訴事案ということで多くのマスコミ関係者が出席していたが、警視庁記者クラブ関係者の姿はなかった。

「テレビ局も全社来ていますね。カメラも三十台以上か……」

「主催者のバックグラウンドはともかく、現職の女性警察官が上司をマタハラで告訴したのだから、社会的反響は大きいよな」

送られてきた画像を十四階にある公安部指揮所で眺めながら榎本が言った。この画像は公安部長、公総課長のデスクにもデジタル回線で送られていた。

定刻になると、ひな壇に四人の男女が現れた。弁護士、市民活動家、時田女警、弁護士の順だった。

マスコミに向かって一礼するとストロボが一斉にシャッター音と共に光った。芸能人の謝罪会見を見ているようだった。

主任弁護士を名乗る竜造寺が立ったまま趣旨説明を始めた。

「本件は警察組織ぐるみによるマタニティハラスメント事案であり、市民団体の『女性の人権を守る市民の会』と共に昨日、東京地裁に告訴致しました」

ここで再びストロボが光った。

竜造寺弁護士は満足げな笑顔を見せながら周囲を見回していた。

続いて「女性の人権を守る市民の会」代表で市民活動家の大楠紀子（おおくすのりこ）が解説を始めた。

「本来、人権を擁護するはずの警察組織内でこのようなハラスメント行為が行われたことに激しい憤りを禁じえません」

彼女は笑顔を見せず毅然と言い放つように解説を行った。その間、時田女警は顔を伏せることもなく、正面をジッと見つめる姿勢を貫いた。質疑が始まった。

竜造寺、大楠、時田が順に答えた。

「時田さん、今回、警視庁本部の相談センターへの相談ではなく、直接告訴の道を選ばれた理由をお話し下さい」

警視庁には二つの職員相談センターがある。一つは様々な困り事を相談できる警務部厚生課内の職員相談室。もう一つがセクハラ、マタハラ等の案件を相談する職員相談一一〇番で人事第一課制度調査係内に置かれている。

時田は顔立ちだけでなく、声のトーンもよかった。記者が時田のペースにはまっている様子がうかがえた。

「私は流産という、女にとって耐えがたい苦痛を経験しました。そして、それがマタニティハラスメントという実に陰湿な行為によってもたらされた結果であることが明らかになった以上、警察官として適正な手続きに則った措置を取るべきだと、悩みに悩んだ結果、判断致しました」

するとと竜造寺弁護士が口を開いた。

「加えて私から説明します。職員相談一一〇番に連絡しても、組織内でもみ消される虞があったからです」

「そうなると、警察組織を信用していないということになりませんか？」

「そういうわけではなくて、結果的に警察に対して告訴を行ったわけですから、警察を信用していないということではありません」

「言っていることがちょっと違うような気がするのですが……」

レポーターの質問に竜造寺が慌てた。するとレポーターがさらに突っ込みを入れた。

「竜造寺弁護士は人権センターご出身ですから、人権問題として告訴をされたのだと思いますが、人権センターというところは、これまで何度も警察と闘って来られましたよね。今回も対警察という意味合いが強いのですか？」

「私は被害者から相談を受けたから告訴に踏み切っただけで、対警察などという意識は微塵もありません。あなたは今回の告訴が間違っているとでもいうのですか？」

「いいえ。私も女としてマタニティハラスメントは言語道断の行為だと思っています。告訴をすることは大事だと思いますが、記者会見まで開いた理由をご本人にお伺いしたかったのです」

「告訴しても、これを受理するかどうかは警察の胸三寸でしたからね。警察がもみ消しできないように監視するためですよ」

「時田さん。竜造寺弁護士はそうおっしゃっていますが、あなたの意見もご一緒ですか？」

時田は俯いたまま何も言わなかった。すると竜造寺弁護士が言った。

「あんたは公安か？　被害者心情を考えて質問すべきだろう」

すると大手新聞社の社会部記者が手を挙げて質問した。

「告訴は受理されたのですね」

「もちろんです。受理されたので会見を開いたのです」

「すると、今回の会見の意図は今回のマタニティハラスメントの捜査の行方を国民と共に見守りたい……ということでしょうか？」

「そう考えてもらって結構です」

竜造寺弁護士が「我が意を得たり」と言わんばかりに胸を張った。

そのとき、できすぎた演技のように一筋の涙が彼女の目元から流れた。

再びストロボの放射が始まった。

「女優の会見でもなかなかあそこまではできないな……」

山下が憮然とした表情で言うと、遊軍キャップの太田主任が言った。

「人事記録の写真よりはるかに美人に見えますね」

「この勢いを止めるのは難しいかも知れないな」

「マスコミ各社にはバックグラウンドの通告は済んでいるんですよね」

「とはいえ、報道協定のようなわけにはいかない。あくまでもお願いに過ぎない。

副総監がどこまでやってくれるか、だな」

「警務部参事官ではなく副総監ですか？」

「副総監は前公安部長だろう。マスコミ各社も借りが多いんだよ」

「副総監のあの飄々とした口調でコロッといったマスコミも多かったようですからね」

「口調だけじゃない。あの方の真摯な態度がそうさせているんだ。それにしても敵ながらあっぱれな会見だな」

　山下は腕を組んで唸るように言った。

　山下の不安を吹き払うように、その日の夕方のニュース番組や主要各紙の夕刊に、この会見が取り上げられることはなかった。特に大きなニュースがあったわけではなかったが、どこも記事にしていなかった。その代わり、インターネットの世界では「爆発炎上」という言葉が相応しいように多くのスレッドが立ち上がり、マスコミの弱腰対応から、警視庁の不祥事潰しという検索ワードが火を噴いていた。

　兼光警務部参事官が記者会見を行ったのは時田女警の会見から二日後だった。

「この度、当庁女性警察官が当庁の正規ルートを通すことなく、独自に記者会見を行って警視庁組織を誹謗中傷致しましたことに関し、お詫びとご報告を致します。本件は当該女性警察官二十九歳が三児目の出産にあたり、不幸にも流産という耐え難い苦しみを経験したことに端を発します。その事実に関して我々も悲しみを禁じえません。ただし、その事実との因果関係としてマタニティハラスメントという非行事案があったということに関しましては、現在、女性警察官サイドから提訴されている以上、当方から言及することは差し控えさせていただきます。なお、今回の提訴にあたり人権団体を標榜するグループが組織だって当該女性警察官に対して行った違法行為につきましては当庁公安部が本日関係団体に対して地方公務員法違反の教唆として捜索差押を実施致したところであります。今後は公判の経緯を踏まえながら適時ご報告致しますので、ご了承を賜りたいと存じます」

兼光は一切の質問を受けることなく会見を終えた。

*

「ねえ、マタニティハラスメントは実際にあったの？」

「それは裁判所が認定することだな」

「判決が出るまでって結構時間がかかるじゃない。警察は巧く逃げたな……っていうのが多いよ」

菜々子はスマートフォンを手に榎本に言った。榎本はふと民間企業の認識を聞いてみたくなった。

「菜々子の会社ではマタニティハラスメントなんてないの」

「うちは女性が四割の会社よ。一部上場企業の中では金融と証券を除けば、うちはかなり上位の女性比率なんだから。そんなことがあった日にはスーパー袋叩きに遭うわね」

「袋叩きはともかく、妊娠した女性に対してのハラスメントは考えられないのかな？」

「うーん。男性よりもむしろ独身のお局様の方がきつく当たっているような気がするな。男性は『おめでとう！』って人が多いもの」

「子供を産んで働き続ける人はどのくらいの比率なの？」

「そうか。そういえば、うちは寿退社が圧倒的に多いから、逆に経験していないのかなあ」

榎本はあんぐり口を開けて菜々子の顔を見ていた。すると菜々子は思いついたように言い出した。

「でもさ、寿退社できる人って、旦那さんのお給料がいいからでしょう？　うちはダメじゃん。そうなると、私がマタニティハラスメントを受ける可能性が高いわけだから、やっぱり絶対に許せない」

本書は文庫書下ろしです。

この作品は完全なるフィクションであり、
登場する人物や団体名などは、
実在のものといっさい関係ありません。

|著者| 濱 嘉之　1957年、福岡県生まれ。中央大学法学部法律学科卒業後、警視庁入庁。警備部警備第一課、公安部公安総務課、警察庁警備局警備企画課、内閣官房内閣情報調査室、再び公安部公安総務課を経て、生活安全部少年事件課に勤務。警視総監賞、警察庁警備局長賞など受賞多数。2004年、警視庁警視で辞職。衆議院議員政策担当秘書を経て、2007年『警視庁情報官』で作家デビュー。他の著作に『警視庁情報官　ハニートラップ』『警視庁情報官　トリックスター』『警視庁情報官　ブラックドナー』『警視庁情報官　サイバージハード』『鬼手　世田谷駐在刑事・小林健』『電子の標的』『列島融解』『オメガ　警察庁諜報課』『オメガ　対中工作』『ヒトイチ　警視庁人事一課監察係』などがある。現在は、危機管理コンサルティングに従事するかたわら、TVや紙誌などでコメンテーターとしても活躍している。

ヒトイチ 画像解析（がぞうかいせき）　警視庁人事一課監察係（けいしちょうじんじいっかかんさつがかり）

濱 嘉之（はまよしゆき）



講談社文庫

定価はカバーに
表示してあります

2015年11月13日第1刷発行

発行者――鈴木　哲
発行所――株式会社　講談社
東京都文京区音羽2-12-21　〒112-8001
電話　出版（03）5395-3510
　　　販売（03）5395-5817
　　　業務（03）5395-3615

Printed in Japan

デザイン―菊地信義
本文データ制作―講談社デジタル製作部
印刷――大日本印刷株式会社
製本――大日本印刷株式会社



ISBN978-4-06-293247-9

# 講談社文庫刊行の辞

二十一世紀の到来を目睫に望みながら、われわれはいま、人類史上かつて例を見ない巨大な転換期をむかえようとしている。

世界も、日本も、激動の予兆に対する期待とおののきを内に蔵して、未知の時代に歩み入ろうとしている。このときにあたり、創業の人野間清治の「ナショナル・エデュケイター」への志を現代に甦らせようと意図して、われわれはここに古今の文芸作品はいうまでもなく、ひろく人文・社会・自然の諸科学から東西の名著を網羅する、新しい綜合文庫の発刊を決意した。

激動の転換期はまた断絶の時代である。われわれは戦後二十五年間の出版文化のありかたへの深い反省をこめて、この断絶の時代にあえて人間的な持続を求めようとする。いたずらに浮薄な商業主義のあだ花を追い求めることなく、長期にわたって良書に生命をあたえようとつとめるところにしか、今後の出版文化の真の繁栄はあり得ないと信じるからである。

同時にわれわれはこの綜合文庫の刊行を通じて、人文・社会・自然の諸科学が、結局人間の学にほかならないことを立証しようと願っている。かつて知識とは、「汝自身を知る」ことにつきていた。現代社会の瑣末な情報の氾濫のなかから、力強い知識の源泉を掘り起し、技術文明のただなかに、生きた人間の姿を復活させること。それこそわれわれの切なる希求である。

われわれは権威に盲従せず、俗流に媚びることなく、渾然一体となって日本の「草の根」をかたちづくる若く新しい世代の人々に、心をこめてこの新しい綜合文庫をおくり届けたい。それは知識の泉であるとともに感受性のふるさとであり、もっとも有機的に組織され、社会に開かれた万人のための大学をめざしている。大方の支援と協力を衷心より切望してやまない。

一九七一年七月

野間省一